KB209875

구름 속의 나날

이경애 수필집

청어

구름 속의 나날

이경애 지음

발행처	도서출판 **청어**
발행인	이영철
영업	이동호
홍보	천성래
기획	육재섭
편집	이설빈
사진	이경애
표지디자인	이연빈
본문디자인	이수빈 │ 김영은
제작이사	공병한
인쇄	두리터

등록   1999년 5월 3일
        (제321-3210000251001999000063호)

1판 1쇄 발행 2024년 11월 10일

주소   서울특별시 서초구 남부순환로 364길 8-15 동일빌딩 2층
대표전화   02-586-0477
팩시밀리   0303-0942-0478
홈페이지   www.chungeobook.com
E-mail   ppi20@hanmail.net

ISBN   979-11-6855-291-3(03810)

이 책은 🖋 전라남도 와 🖋 챕뱀 문화재단의 지원을 받아 발간되었습니다.

구름 속의 나날

이경애 수필집

아름다운 순간의 모습들을 카메라에 담는 것, 카메라 화면에 들어오는 피사체의 아름다운 각도를 찾아내는 것이 무척 즐겁다.

그 사진들엔 당시 내 감정의 모양과 빛깔이 고스란히 담겨 있어 그 조각들로 내 삶의 여정이 모자이크된다.

하늘을 배경 삼아 시시각각 다른 그림을 그리는 구름. 구름은 단 하루도 같은 모습을 보여주지 않는다. 매일 다른 옷으로 때깔 나게 차려입고, 기분의 높낮이에 맞춰 어떤 날은 손에 잡힐 듯이 나지막이 다가오고, 때로는 아득히 먼 곳에서 무심히 나를 바라만 본다.

같은 장소 그러나 일각일각 다른 구름. 그 구름을 좋아하는 나의 같은 듯 다른 날들의 감상을 엮어보았다.

여러 가지 환갑 치레 중에 나에게 찾아온 자식, 환갑에 낳아 애틋하고 부끄럽지만, 처음 글을 배우면서 소망했던 10년 후의 첫 출간이 이루어짐을 감사드린다.

노을이 비껴가는 창가에서
이경애

2부 승주

3부 폭설

4부 구론산

부록

소주 두 잔

구름 속의 나날

소주 두 잔

"오늘 한잔할까?"

남편의 전화에 나는 기다렸다는 듯 옷매무새를 챙기고 아파트 주차장으로 내려간다. 내 쪽으로 해맑게 웃으며 걸어오는 남편. 그 어이없음에 나는 웃음이 나온다. '해맑게'란 단어와는 전혀 어울리지 않는 사람이기 때문이다.

"오늘은 어디로 갈까?"

전문가답게 이 술집, 저 술집의 장단점을 친절하게 쫘악 나열하는 남자. 이런 날은 친절하기까지 하다.

입에 술잔만 대도 얼굴이 빨개지는 내가 몇 년 전부터 술 좋아하는 남편의 술친구가 되면서 야금야금 양이 늘어 이제는 소주 두 잔까지 마신다. 두 잔을 마시면 취하는 나를 보며 남편은 돈도 안 든다고 좋아한다. 나머지 술은 몽땅 본인 차지라며. 하여튼 나와 함께 하는 술자리가 이로운 게 많은가 보다. 술만 먹으면 빨간 얼굴로 히죽히죽 웃어대는 것도 재미있다나 뭐라나.

술잔을 기울이며 우리는 평상시 잘 하지 않던 이야기도 적나라하게 풀어헤친다. 아이들 이야기, 책, 친구들 이야기부터 정치, 경제, 사회문제까지 쏟아내고 혁명이란 단어까지 튀어나오는 등 횡설수설 시간을 보낸다. 그리고 남편이 취기가 오를 때면 가끔 나에게 진심(?)을 이야기하기도 한다.

"당신은 멋진 여자야."

라든가, 아이랑 같이 갔을 때는

"너희 엄마는 괜찮은 사람이다"라고. 그러면 나는 그 말을 진담으로 믿으며 기분 좋게 취한다. '취중진담'이란 말도 있지 않은가. 술 깬 다음 날은 어김없이 그런 적 없다고 시치미 떼는 남편이지만.

하지만 대부분의 날은

"당신같이 성질 드러운 여자를 누가 데리고 살겠어. 나니까 같이 살아주는 거야."

라고 한다. 워낙 귀에 못이 박힌 말이라 신경 안 쓰지만, 기분이 안 좋은 날은 팻대를 세우며 옥신각신하기도 한다. 이렇듯 술은 진심을 농담으로, 농담을 진담으로 바꾸어 버릴 수도 있는 기막힌 묘약이다.

기분 좋게 취기가 오른 상태로 술집을 나와서 하는 산

책도 좋다. 삐뚤삐뚤 걷는 나를 보며 본인 다리도 못 챙기면서 넘어진다고 내 손을 잡는다. 친구처럼, 노부부처럼 이 나이에 손잡고 걷는다는 것. 짜릿한 전기가 오기는커녕 어느 것이 누구 손인지 구별할 수 없을 만큼 감각이 거시기하다. 갑자기 다정한 부부인 것처럼 되어진 것뿐.

그러나 나는 안다. 단지 넘어질까 봐 잡은 것이 아니라는 것을, 나이 들어갈수록 부부란 사랑보다는 서로에 대한 고마움으로, 끈끈한 연민으로 잡아주고 일으켜주며 살아가는 관계라는 것을.

나는 "아이고, 우리가 손도 다 잡고. 제정신이 아닌 거 맞네." 평소에 안 하던 행동을 술 취했을 때만 하는 남편에게 말한다.

늦은 밤, 누구 목소리가 더 큰지 내기라도 하듯 이야기하며 걷노라면, 술 냄새 나는 거리의 모습은 재미나다. 바람은 살랑살랑 등 뒤에서 밀어주고 거리가 흔들흔들 길을 열어주면 나는 둥실둥실 떠다닌다.

그렇게 한참을 걷다가 커피 생각이 나면 단골 카페에 들른다. 조용한 카페에서 얼굴이 벌건 여자와 술 냄새 풀풀 나는 남자가 무슨 말인가 열심히 한다. 폐를 안 끼치려 목소리를 낮추는데도 이상하게 시끄럽다.

"참 보기 좋습니다. 부부간에 이렇게 진지하게 이야기하시는 분들은 드물어요."

라고 하며 주인아저씨가 웃는 얼굴로 따끈한 차를 서비스로 준다.

우리가 무슨 말을 했더라?

방금 한 말도 떠오르지 않지만 아마도 서로 '내가 더 잘났다.'라는 문제로 열을 내고 있었을 게다. 그래서 그 찻집은 술 마신 날만 간다. 아마도 그 카페 사장님이 우리를 횡설수설 목소리만 큰 괴상한 부부라고 생각할 수도 있다. 우리가 맨정신인 것을 본 일이 없으니까.

산책하고 커피까지 마시고 나면 어느 정도 술이 깬다. 시간이 지나 신데렐라가 다시 재투성이로 돌아오듯 다시 현실로 돌아오지만, 스트레스를 어느 정도 날리고 또 다른 세상을 둘러보는 재미를 맛본다.

내가 술을 배우기 전, 가끔 남편과 술자리를 할 때는 남편만 취하고 나는 말짱하니 대화가 안 돼 스트레스를 받았다. 상대방도 마찬가지였을 것이다. 술 취한 사람들에 대해 좋은 느낌을 가지지 못했고 '뭐 마실 게 없어서 눈이 풀리도록 술을 마실까.' 하고 속으로 비난도 했었다.

그러나 몇 년 전 서울을 떠나 순천으로 이사 오면서 변화가 일어나기 시작했다. 친구들을 멀리 두고 온 남편과

16
구름 속의 나날

나는 친구가 필요했다. 특히 술을 즐기는 남편은 마음을 터놓고 술을 함께 마실 사람이. 그런 남편이 그때부터 나와 가끔 술을 마시러 갔다. 술 냄새만 맡아도 취할 정도로 술에 약한 나였지만, 술친구가 없는 남편이 짠하기도 해서 '그냥 앉아라도 있자'라는 마음으로 따라갔다.

"자~ 건배! 입만 살짝 대봐."

남편의 이 말과 함께 소주와의 인연이 시작되었다. 처음에는 거부감이 들어 소주에 거의 입을 안 댔지만, 횟수를 거듭할수록 나도 모르게 조금씩 홀짝홀짝 마시기 시작했다.

두 잔을 마시면 얼굴에 열감이 느껴지면서 발갛게 달아오른다. 물체가 조금 흔들리듯 보이고 왠지 내가 공중에 붕 떠 있는 기분이 든다. 목소리도 조금 커지는 거 같고 조금 전의 근심거리가 기억이 안 난다. 그냥 그 자리에 집중하게 된다. 이렇듯 적당한 양의 술은 꽉 조인 삶을 조금 풀어 줘 정신 건강에 도움을 준다.

사람들이 술을 좋아한다기보다는 그 분위기를 즐기는 것이 아닐까. 닭 다리를 양보하는 척, 보이지 않는 닭 다리 경쟁도 하고, 풀어져 가는 눈동자에 연민을 담아 동지애를 다지는 데는 술만 한 것이 없다.

오십하고 중반을 넘긴 나이, 이제야 술이라는 것을 사람들이 왜 마시는지를 이해하게 되었다. 술 좋아하는 이들은 힘든 일이 있을 때, 기쁜 일이 생겼을 때, 슬플 때를 그냥 지나치지 않고 술잔을 기울인다. 예전에는 술 먹고 싶으니 핑계도 잘 잡는다고 생각했다. 하지만 이제는 내가 그렇게 하고 있다.

이 '내로남불'은 지금 내 경우를 말하는 것 같다. 내가 마실 때는 좋은 술이고 내가 못 마셨을 때는 나쁜 술이었고.

시원한 바람이 부는 늦은 밤, 널찍한 거리가 독무대인 양 웃으며 흐느적거리는, 카페가 제집인 듯 시끄럽게 떠드는 우리와 스쳐 지나가더라도 놀라지 마시라.

우리는 단지 정겹게 대화를 나누고 있는 것뿐이니.

그의 등에 얼굴을 묻고

그는 자전거에 앉아서 내게 우산을 건네주며 뒤에 타라고 했다.

"응, 탈게."

나는 자전거 뒷자리에 앉았다. 1인용 자전거라 뒷자리는 평편한 쇠로 되어있는 짐칸이었다. 그러나 내가 불편하지 않도록 방석을 끈으로 고정해놓아 푹신했다.

그는 내 가방을 받아 자전거 앞 바구니에 겨우 끼워 넣고 출발했다. 비가 오고 있어서 중심을 잘 잡아야 했기에 천천히 페달을 돌리며 집으로 향했다. 한 손으론 그를 잡고 또 다른 손으론 우산을 받쳐 든 나는 중학교 2학년생, 줄지어 걸어가는 하굣길 친구들이 흘깃흘깃 쳐다보는 게 쑥스러웠지만 자랑스러웠다. 깍쟁이였고 가리는 것도 많았던 내가 이런 기분이 드는 게 신기했다.

'너희들 이런 아버지 있니?' 하고 마음속으로 외치고 있었다.

비 오는 날, 아버지가 데리러 온 아이는 나뿐이었다.

'대낮에 아버지가 집에 있다는 사실이 의아스럽겠지만, 경찰관이기 때문에 하루는 근무하고 다음 날은 쉰단다. 야근하고 피곤한데도 나를 데리러 오신 거야.'

주룩주룩 오는 비를 맞으며 집으로 향하는 친구들을 뒤로하고 아버지의 낡은 자전거는 잘도 달렸다. 괜찮냐는 듯 가끔 나를 돌아보던 그의 하얀 얼굴은 햇살처럼 눈부셨다.

비가 그쳤다.

나는 들고 있던 우산은 하늘을 향해 던졌다. 바람에 실려 날아오르던 우산은 무지개를 그리며 하늘나라로 멀리 멀리 올라갔다. 두 손을 뻗어 아버지를 꽉 잡고 그의 따스한 등에 얼굴을 묻었다. 나는 아기처럼 스르르 잠 속에 빠져들었다.

이 이야기가 그날의 일기장에 쓰여 있었다면 얼마나 좋았을까.

아버지.

마음속에 아쉬움의 기억만 주렁주렁 매달아 놓고 가신 야속한 분.

박힌 가시처럼 따끔거림으로 남은 아버지.

그곳으로 다시 돌아갈 수만 있다면.

그때 한창 사춘기였던 나는 까칠하기 이를 데 없었다. 마음에 안 드는 것, 감추고 싶은 것이 왜 그리도 많았는지. 어린 마음에 경찰관인 아버지의 직업도 창피하게 생각했었다. 아침에 출근해서 저녁에 퇴근하는 친구들 아버지가 부러웠다. 아버지는 아침에 출근해서 다음 날 아침에 퇴근하는 맞교대 근무를 했다. 그래서 아버지가 계신 날은 친구들도 마음대로 집에 데려오지 못했다.

"너희 아버지는 왜 집에 계셔?"

이 질문이 나오는 것도 싫었고 설명하기는 더더욱 싫었다.

그날.

아침에는 해가 나왔었는데, 하교 시간이 가까워져 오자 흐려지면서 비가 오기 시작했다. 내가 다니던 중학교는 남녀공학으로 버스가 다니기 애매한 장소에 자리하고 있어 등하교 시에는 줄지어 걸어가는 학생들이 길을 가득 메웠다.

나는 비 따위는 아랑곳하지 않고 재잘대며 집으로 향하고 있었다. 그런데 저 멀리서 "띠링띠링" 자전거 경적소리가 들렸다. 앞서 걷는 학생들 뒷모습 사이로 자전거 한 대가 천천히 오고 있었다.

아버지였다. 집에서 입던 빛바랜 갈색 남방에 회색 바지를 입고 허름한 자전거의 페달을 돌리며 나에게 다가오고 있었다. 나는 갑자기 얼굴이 달아올랐다. 반사적으로 고개를 숙였다. 아버지가 나를 못 알아보게 하고 싶었다. 가슴이 콩당콩당 빠르게 뛰었다. 그러나 자식은 멀리서도 한눈에 알아보는 건지 아버지는 단번에 나를 찾아냈고 내 앞에 자전거를 세웠다.

"혜승아, 자전거에 타. 비 많이 맞았네. 같이 타고 가자."

순간, 정신이 아득해졌다. 주위에는 아는 친구들이 많았다. 더군다나 바로 옆에는 내가 짝사랑하던 전교 회장 오빠가 친구들과 가고 있었다. 아버지가 원망스러웠다.

'좀 더 멋있게 입고 오지. 옷이 저게 뭐람. 낡은 자전거는 왜 안 버리는 거야.'

그러나 그것까지는 괜찮았다. 대낮에 아버지가 데리러 왔다는 사실이 나를 제일 속상하게 만들었다. 아버지들은 지금 회사에 있어야 할 시간이었다.

"아냐, 안 탈래. 우산만 주고 가. 친구들이랑 걸어갈 거야." 하며 퉁명스럽게 말했다.

"그래. 그렇게 해라. 우산 여기 있다."

1부 소주 두 잔

아버지는 두말없이 우산을 손에 쥐어줬다.

되돌아가던 아버지의 모습은 우뚝 솟아올라 마치 혼자 가는 듯 보였다. 그 많던 학생들이 내 눈엔 보이지 않았다. 그제야 내가 무슨 짓을 했는지 깨달았다. 자전거 위 아버지의 쓸쓸한 등이, 축 처진 어깨가 무엇을 말하고 있는지.

'당장 달려가 자전거를 태워달라고 할까.' 그러나 탈 자신이 없었다.

무거운 걸음으로 집으로 돌아왔다. 아버지께 사과하려 했지만, 입가에만 맴돌 뿐 자기 전까지 끝내 하지 못했다.

'나중에 사과하면 되지. 그럼 괜찮다고 하실 거야.'

내 마음대로 생각하니 이미 사과한 것 같았다. 아버지가 내색은 안 했지만 기분이 좋아 보이지는 않았다. 무척 유머러스한 분이셨는데.

그렇게 시간은 잘도 흘렀다.

1년이 지나가고 몇 해가 지났다. 철없던 나는 그 일에서 점점 자유로워지고 있었다. 그러나 아버지는 무엇이 그리도 바쁘셨을까. 몇 년 후 황급히 내 곁을 떠나가셨다. 나는 사과 한마디도 못 한 채 멍하니 보내드려야 했다. 그의 애틋했던 부성애는 더 이상 내 것이 아니었다. 메아리로만 돌아올 뿐 어디에서도 찾을 수가 없었다. 넘치도록 받던 사랑, 그것이 뭔지 알기도 전에 잃어버린 아버지.

평생 줄 사랑을 바쁘게 쏟아붓고 간 그의 허름했던 자전거는 가끔
"띠링띠링"
나를 불러 세운다.

레이프 가렛의 꿈

"레이프! 레이프!"

1980년 6월 어느 날, 서울 남산 중턱의 숭의음악당은 뜨겁게 타오르고 있었다. 무대에서 노래 부르며 금발 머리를 흔들어대는 그의 이름은 레이프 가렛(Leif Garrett).

〈I Was Made for Dancing〉이란 노래로 세계적으로 유명해진 미국의 아이돌 스타다. 공연장 안은 십 대 소녀들로 가득 찼고, 그 열기는 모든 걸 다 삼켜버릴 듯 이글거렸다. 목에 핏대를 세우고 레이프를 외치는 그녀들 속 나도 눈물을 흘리며 미쳐가고 있었다.

당시, 여고 1년생이던 나는 레이프에 푹 빠져 허우적거리고 있었다. 그는 나의 완벽한 이상형이었고 내 학용품은 물론 나의 모든 공간은 그를 위한 것이었다.

꿈에 그리던 그의 내한 공연 소식에 부모님 비위를 맞춰가며 당시 3,000원 하던 제일 저렴한 입장권을 얻어냈을

땐 세상을 다 얻은 것 같았다.

드디어 그날.

공연장에 들어만 가도 원이 없을 거 같았는데 막상 들어오니 이 층의 구석진 내 좌석은 무대와 너무 멀었다. 함께 간 친구들과 앞뒤 생각 않고 일 층으로 뛰어 내려갔다. 당시만 해도 관리가 허술해 무대 앞까지도 갈 수 있었다. 마음 같아선 무대 위로 뛰어 올라가 그의 손이라도 잡고 싶었으나 무대 아래 도열해 있는 경호원들의 몽둥이가 무시무시했다.

공연이 시작되었다. 레이프가 바로 내 코앞에서 노래를 불렀다. 실제 상황이라는 게 꿈만 같았다. 그가 좋아한다는 치마를 입고 분홍 손수건을 흔들며 "레이프!" 하고 목이 터져라 그의 이름을 불렀다.

그가 "Same goes for you" 하면서 팔을 뻗어 누군가를 가리키면 "나를 쳐다봤다!" 서로 소리를 질러대는 소녀들 옆에서 나도 그가 내 쪽으로 얼굴을 돌리기라도 하면 "꺄악!" 소리를 지르며 기절 직전까지 갔다.

몇몇 흥분한 여자애들은 무대를 향해 미친 듯이 돌진했는데 경호원들이 그냥 놔둘 리가 없었다. 몽둥이로 그 여자애들을 사정없이 때리면서 돌려보냈다. 소녀들에게 가한 무지막지한 폭력이었음에도 레이프를 좋아한다는 이유로 맞고 또 맞았다. 묵인할 수 없는 일임에도 그 일은 이슈조차 되지 않았다. 아파서 우는 건지, 레이프가 좋아서 우는 건지 그녀들은 계속 울며 레이프만 외쳐댔고 그것을 본 나는 두려움에 흥분을 조금 가라앉혔다. 그러나 그것도 잠시, 그가 다음 곡을 부르자 또 실성한 듯 소리를 지르며

'맞아도 좋아. 조금만 더 가까이에서 그의 얼굴을 볼 수 있다면 좋겠어.'

하면서 맞은 아이들까지도 부러워했다.

가슴이 터질 듯한 공연이 끝나고 돌아보니 손가방, 챙겨 간 분홍 손수건도 없어지고 목이 쉬어 말도 할 수가 없었다. 얼마나 정신줄을 놓아버렸으면 내가 그것들을 다 잃어버리고 집으로 돌아왔을까.

이렇게 레이프와의 첫 만남은 내 가슴에 큰 자리를 차지했다. 그 후 레이프 공연이 몇 차례 더 있는 내내 잠을 설쳤고 공부에도 집중할 수 없었다.

도저히 참을 수 없는 한계에 이르렀을 때, 부모님께는 도서관에 간다는 거짓말을 하고 무작정 공연장에 두 번 더 갔다. 한 번은 허탕, 한 번은 천운인 듯 광팬들을 피해 택시를 타고 온 레이프를 공연장 정문에서 볼 수 있었다.

그것도 바로 코앞에서.

차창 너머 웃고 있던 그의 푸른 눈과 넘실대는 금빛 머리칼은 신비로움 그 자체였다. 그날, 주체할 수 없던 그에 대한 열정이 공연장 유리 깨진 곳으로 기어들어가게 했고 무대 맨 앞에서 보는 기적을 누렸다. 가까이에서 본 빠져버릴 듯한 그의 깊은 눈동자가 아이들이 기절해 실려 나가는 이유였다.

레이프가 미국으로 돌아가던 날, 혜화동에 위치한 우리 학교에서는 이십여 명이 결석했다. 그를 배웅한다고 김포공항으로 갔기 때문이다. 학교가 발칵 뒤집혔지만 우리는 이해했다. 나도 공항에 가고 싶어 갈등했지만 그 일만은 저지르지 못했다. 우리 반도 레이프가 떠난다고 우는 아이들로 완전 초상집이었다.

나도 하루 종일 울어 퉁퉁 부은 얼굴로 집에 갔다. 내 생애 첫 연인과의 가슴 아픈 이별이었다. 이후 그는 내 이상형에도 영향을 미쳐 서구적인 외모를 좋아하게 될 정도로 레이프에 대한 환상을 깨기까지는 시간이 좀 걸렸다. 아쉬운 대로 나이 많은 가수 윤수일까지 좋아하게 되어 그의 노래 〈아파트〉가 TV에 나오면 뛰어가 볼 정도였다.

1969년 클리프 리처드 공연, 1992년 뉴키즈온더블럭 공연과 함께 여학생들의 히스테리를 자극한 3대 내한 공연 중 하나인 레이프 가렛 공연을 함께한 나는 이 역사의 산 증인인 셈이다.

　　레이프의 〈I Was Made for Dancing〉은 내 열정에 불을 붙였던 노래였다.

　　어쩌다 중년이 된 요즘, 이 노래를 다시 듣게 될 때면 그 시절의 데일 듯한 열정이 무척이나 그립다. 앞뒤 가리지 않고 어리고 순수한 백열을 토해내며 레이프를 꿈꾸던 시절

의 나. 그때의 순수, 누구를 그토록 맹목적으로 좋아할 수 있었던 열정이.

생각건대 그 이후, 그런 뜨거움을 가져본 적이 없었다.

마음에 꽂히는 것들이 있다 한들 그냥 멀리서 살살 두고 볼 뿐이다. 중불 정도로, 아님 그보다도 더 약한 불길로 뭉근히 데우다 만다.

이젠 무엇을 하더라도 그때와 같을 수 없음을 안다.

열정에도 어김없이 총량의 법칙이 적용되나 보다.

나중을 위해 그것을 좀 아껴두었어야 했는데.

구름 속의 나날

돋보기를 벗고

햇살이 창가로 드리워진 늦은 아침, 식탁에 앉아 집안을 둘러본다. 거실은 잘 정돈돼 보였고 주방과 나머지 공간도 웬만하다. 먼지도 눈에 안 띄니 오늘은 청소를 안 해도 되겠다고 생각하며 일어서다가 컵의 물을 바닥으로 쏟았다. 얼른 돋보기를 썼다. 나에게도 어김없이 찾아온 노안 덕분에 돋보기를 써야 제대로 닦을 수 있기 때문이다.

식탁 밑으로 내려와 물기를 닦으려는 순간, 뽀얗고 깨끗하게만 보이던 세상이 초점을 정확히 맞춘 민낯을 드러냈다. 청소를 생략하려던 식탁 밑은 참으로 가관이었다. 흘린 물을 따라 아이들이 떨군 긴 머리카락들과 뭔지 모를 알갱이들이 여기저기 널려 있었다.

그것을 본 이상 그냥 넘어갈 수 없어 먼지를 따라가며 닦다 보니 온 집안을 다 닦게 되었다. 덕분에 집은 쓸데없이 깨끗해졌고 무릎과 손목은 욱신욱신하다.

청소란, 매일 힘들게 해도 티가 안 나지만 하루만 안 하면 금방 티가 나는 것. 이 생색도 안 나는 일에 많은 에너지를 소모하며 살았다.

공해가 심한 도시의 아파트는 창을 열어 놓으면 어느 틈에 까만 먼지가 쌓인다. 시력이 꽤 괜찮던 나는 사정권 안에 들어온 그들을 쉴 틈도 안 주고 각종 도구를 이용해 치워 버렸다. 그러나 집에 들어온 먼지들을 하루 이상 견디지 못하게 하는 일은 무척이나 고달팠다. 체력도 좋지 못한 내가 이 벅찬 일을 왜 멈출 수 없었던 걸까.

내 눈에 걸러지는 것들은 빨리 치워야 직성이 풀리는, 젊은 시절 사람들과의 관계에서도 나타났던 그 성격 때문이었다.

그런 나에게 얼마 전부터 변화가 일어나기 시작했다. 일하기 싫은 날에는 아예 두 눈을 질끈 감아버린다. 나이 들수록 일하는 것이 힘들어지고 귀찮아지는 게 많아서인가. 깨끗하게 한다고 상을 받거나 돈이 생기는 것도 아닌데 몸만 축나는 일들을 왜 그리 열심히 했을까 후회도 된다.

그때는 말도 안 되는 소리라고 무시했던 '적당히 지저분한 것은 면역력을 키우는 데 도움을 준다'는 말을 중얼대는 나를 발견하며 웃기도 한다. 어쨌든 육체노동이 줄어

든다는 것은 매우 반가운 일이다. 나의 정신적, 육체적 건강의 도모를 위하여.

눈에 원시가 온 후부터 굴러다니는 먼지나 머리카락 등 작은 것들이 잘 안 보이기 시작해 청소하는 빈도가 자연스레 줄어들었다. 그렇게 몸이 편해지면서 나 나름의 합리화를 시작했다.

'이 정도면 깨끗하다'고.

그리고 안 보이는 것을 즐기기 시작했다. 아니 안 보려 했다. 깔끔 떨던 내가 서서히 지쳐가면서 몸도 마음도 편해지고 싶었나 보다. 이래도 한세상, 저래도 한세상이니까.

눈이 어두워져 간다는 것, 그것은 참으로 불편한 노릇이지만 꼭 그렇지만은 않다. 일상생활, 인간관계에서 모든 것을 선명하게 본다는 것이 오히려 더 큰 고통일 수도 있기 때문이다.

어느 날, 돋보기를 쓴 채 거울을 통해 보이는 내 얼굴에 당황한다. 너무나 선명하게 보이는 주름과 잡티와 기미들. 결코 보고 싶지 않은 것들을 너무나 친절하게 확대까지 하여 보여주는 돋보기 성능에 놀라며 또 한 번 좌절한다.

흐릿하게 넘기고 싶은 것들, 자세히 들여다보고 싶지 않은 것까지 보게 하는 그것. 책 볼 때, 생선 가시를 바를 때, 주방에서 요리할 때, 화장할 때… 이 정도 선에서만 사용하면 요긴한 물건이다.

마찬가지로 인간관계에서도 적당한 거리 두기는 꼭 필요하다. 안 보이면 안 보이는 대로, 그냥 모르는 척 지나쳐 주는 것 말이다. 좋은 상대라도 가까이서 자세히 보는 일은 불편할 수 있다. 돋보기를 들이대는데 어찌 결점이 안 보일까.

품어주고 싶은 이들을 볼 때는 돋보기가 필요 없다. 시야에 들어오는 건 선명하지 않지만 내 마음의 행복은 선명해진다.

나는 지금 두 개의 세상에 살고 있다.

돋보기를 쓰고 보는 세상과 안 쓰고 보는 세상. 이것들은 각기 다른 얼굴을 나에게 보여준다.

나이 들어가며 눈이 잘 안 보이게 되는 것은 신의 선물이다. 작은 일에 연연하지 말고 내려놓으라는, 보이는 만큼 느끼고 행동하라는, 내 몸과 마음이 감당할 수 있을 정도만 하라는 것이다. 오롯이 나를 위한 배려이다.

나는 이 선물을 달게 받는다.

변심

여우가 두루미를 집으로 초대해 납작한 접시에 먹음직 스러운 수프를 담아 대접한다. 화가 난 두루미가 이번엔 여우를 초대해 병에 수프를 담아 내놓는다. 여우도 마찬 가지로 수프를 먹지 못한다. 이것은 이솝우화에 나오는 이 야기이다.

여기에서 "왜 안 먹니? 맛이 없니?" 하며 두루미의 수프 까지 먹어버린 여우가 다 잘못한 것일까.

『심리학이 이토록 재미있을 줄이야』의 저자 류혜인은 이 렇게 설명한다. 어쩌면 여우는 단순히 '착각'한 것인지 모 른다고. 심리학에서 말하는 '허구적 합의 효과' 때문일 거라고.

허구적 합의 효과란 자신의 생각이 보편타당할 것으로 생각하여 다른 사람들도 나처럼 행동하리라는 잘못된 믿 음을 말한다. 나에게 옳은 것은 분명 남에게도 옳을 것이 라는 생각. 인간은 저마다 자신의 입장으로 세상을 바라보기 때문에 자기 중심성에 의해 착각하기 쉽다고 한다.

'약속을 잘 지키는 어린이가 됩시다'
'거짓말을 하지 않는 어린이가 됩시다'
초등학생 시절, 이런 글귀들이 액자에 걸려 있었다. 무심코 되뇌던 이 문장들은 하얀 도화지 같던 내 머리를 채워가기 시작했다. 부모님도 약속을 꼭 지켰고 거짓말은 용납하지 않는 분들이었다. 안팎으로 이런 영향을 받아 어른이 되어서도 이 문장들은 내 삶의 중요한 지침으로 자리잡았다.

그러나 그에 따른 부작용도 만만찮았다. 문제는 내가 상대에게도 그것을 바라는 것에서부터 시작되었다. 사람들은 다양한 인생관을 가지고 살아가고 있는데, 내 잣대를 들이대니 당연히 마찰이 생길 수밖에 없었다. 상대가 약속을 어기거나 거짓 행동을 하면 그들을 이해하기보다는 단절시키는 쪽을 택하기도 했다. 나와 다른 사고를 하는 사람들을 감정적으로 밀어내었고 그만큼 내 운신의 폭도 좁아질 수밖에 없었다.

1부 소주 두 잔

인생의 중반부로 접어들면서 내가 저항 없이 받아들이고 지켜온 원칙들이 사람들과 어울리며 살아가는 데 도움을 주기보다는 마이너스로 작용하는 빈도가 높아졌다.

서로 다른 사고의 한계를 맞닥뜨릴 때마다 프라이드를 가지고 지켜나가던 내 삶의 규칙들이 뿌리째 흔들렸고, 나는 왜 이 틀에서 벗어나지 못하는가를 심각하게 고민했다.

약속은 지켜지면 좋은 것이었지만 그렇지 않더라도 그것이 꼭 결격사유는 아니었다. 그럴 수밖에 없었던 나름의 상황이 있고, 이해하자고 들면 못 할 게 없었다.

모든 것을 내 기준으로 재단하고 살아온 시절. 차라리 속은 편했던 그때의 진실은 착각에 의한 왜곡이었을 수도 있다.

옳다는 것은 무엇일까.

내가 옳다고 믿어온 것들이 나 자신에게 유리한 방향으로 흘러나온 사고의 결과는 아니었을까. 그렇다면 나는 이제까지 어리석은 착각의 모래성을 쌓아온 것인가.

시대가 변하면서 예전에 옳다고 믿던 것들이 붕괴되었고, 뒤죽박죽된 세상에서 내 가치관도 때에 따라 변해 버리는 비겁쟁이가 되어 버렸다. 이젠 옳고 그름을 따지는 일마저 무색하다. 힘이 빠져 체력이 달리니 마음 편한 게 건강을 지키는 길이라고, 부딪치는 것은 피하는 것이 상책이라고 나 스스로를 세뇌시킨다.

내가 평생 사랑하며 지켜나가고 싶던 것들이 두루뭉술하게 퇴색해 버린 지금, 영원할 것 같던 사랑이 길을 잃어버렸다.

나는 변심한 애인처럼 그들에게서 등을 돌리고 있다.

술래의 눈물

   도야 호수의 물결은 북국 바람의 무늬를 그리며 번져 갔다. 4월이지만 북해도는 차디찬 입김으로 땅속의 생명을 숨게 했다. 엄마는 그 풍경과 하나가 된 듯 호수 앞에서 입을 굳게 닫고 있었다.

   아무렇지 않은 듯, 엄마는 여행하고 있었지만, 그녀 몸과 마음의 통증이 나에게 고스란히 전해졌다. 여행 내내 꽃도 피지 못한 눈 덮인 들판과 컴컴했던 삿포로의 야경은 엄마의 뒷모습과 닮아 있었다.

   엄마의 팔순은 오늘이 어제보다 더 작아지는 몸, 어느 곳도 혼자 갈 수 없게 만드는 시름과 함께 왔다. 겉으로는 의연해 보이는 엄마였지만 한 해가 다르게 쇠약해지셨다.

   나는 더 늦어지기 전에 우리 4남매가 모여 엄마와 여행을 해야겠다고 생각했다. 엄마와의 추억을 하나 더 쌓고 싶었기 때문이다.

생각해보니 형제들이 모두 출가하여 가정을 이루고 살면서 원가족이 다 모인 여행을 한 적이 없었다. 그래서 엄마의 팔순 기념으로 세 자매가 엄마와의 여행을 계획했다.

여행지로 여러 군데가 추천되었지만, 다리가 불편한 엄마를 고려해 가까운 일본 북해도로 결정했다. 서로의 일정에 맞춰 빠르게 진행하느라 약간 쌀쌀한 날씨지만 출발했다.

원가족… 사실 여기엔 오빠도 있다. 아버지는 오래전에 세상을 등지셨고. 오빠에게 의견을 물었으나 돌아온 대답은 예상대로 '노'였다. 언제부턴가 자매들과의 일에 항상 빠졌던 오빠. 섭섭했지만 차라리 잘 되었다고, 같이 가면 불편할 수도 있다고 다들 마음을 추슬렀다. 그러나 여행 중 가끔 드러나는 엄마의 그늘을 나는 놓치지 않았다.

어린 시절, 오빠는 참 순진하고 착했다.

오빠 초등학교 저학년 때, 점수가 형편없던 학교 시험지들을 내 유치원 가방 속에 잔뜩 숨겨 놓아 엄마에게 무척 혼났던 일이 있었다. 왜 하필 고자질쟁이 여동생 가방에 그것을 숨겼는지는 지금도 불가사의다.

또 언젠가는 문방구에 학용품을 사러 갔는데 해가 저물도록 돌아오지 않았다. 부모님이 가보니 문방구 앞에서

울고 있었단다. 이유는 어떤 형이 돈을 달라며 그 문구를 사다 준다고 했는데 안 온다는 것이었다.

그 이후 나는 심심하면 메롱 거리며 약을 올렸고 사기까지 당했다고 오빠를 놀렸다. 어릴 적 엄마의 사랑을 독차지했던 그에게 복수를 꿈꿔왔던 나는 이 신나는 기회를 놓칠 수 없었다.

그렇게 어리석고 순진했던 오빠가 철이 들며 공부도 열심히 했고 번듯한 직장도 생겼다. 그리고 여전히 자상했다. 공주병 여동생, 칼질도 못 했던 나를 위해 사과도 깎아 주었고, 집 안 청소를 할 때면 힘든 물걸레질을 도맡아 했다.

그렇게 살갑던 오빠가 결혼하고 가정을 꾸리면서 갑작스레 멀어져 갔다. 그러나 원가족과 분리되어야 원만한 결혼 생활이 가능하다는 것을 알기에 엄마와 우리는 그것을 당연하게 받아들였다. 그는 우리에게 잘했듯이 아내와 자녀에게도 끔찍하게 잘했다.

그러나 이번 일은 몹시 섭섭했다. 그때와 같지는 않겠지만, 한 번쯤 그가 깊이 생각해보길 바랐다. 오빠도 함께한 엄마의 팔순 여행을 그리며 어린 시절 추억을 공유한 가족끼리의 행복한 대화를 꿈꿨었고 기분도 조금 들떴다.

무엇이 사람을 이리도 변하게 했을까?

"마누라, 철 좀 들어. 아직도 소녀 감성이면 이 세상 살

기가 힘들다고."라고 하는 남편의 걱정이 귓가에 울렸다.

그 넓은 평원이 보랏빛 라벤더 물결을 이루고 그 향기로
가슴 벅찰 때, 눈 녹은 들판이 초록의 숨결로 가득할 때,
다시 한번 북해도에 오고 싶다. 오빠도 함께, 꽁꽁 묶어서
라도 데려오고 싶다.

4남매를 바라보며 활짝 웃음 지을 엄마, 그녀의 가슴속
까지 보랏빛 향기로 가득 채워져 그 행복한 풍경과 하나
될 엄마를 보고 싶다.

사과를 깎아 내 손에 쥐어주며 싱긋 웃던 그 오빠. 그는
어디에 꼭꼭 숨어버렸는지.

'꼭꼭 숨어라. 머리카락 보인다. 꼭꼭 숨어라…'

숨으라는 술래의 말에 너무나도 잘 숨어버린 오빠. 이번
에도 어릴 때처럼 순진하게 그 말을 다 믿어버렸나 보다.

파란 대문집 장미 뜰을 찾아서

'접근금지'라고 쓰인 빨간 표지판, 사람이 못 들어가도록 붉은 띠를 둘러놓은 파란 대문 집은 손잡이도 굵은 쇠줄로 매어져 있다. 곧 이 동네 집들을 철거하고 새로 개발하려나 보다.

"조금만 더 늦게 왔다면 흔적도 찾을 수 없을 뻔했네."

독백 같은 나의 말소리에 어디서 왔는지, 그 집 새 주인인 듯한 고양이 두 마리가 귀를 쫑긋 세우며 대문 위에서 우리를 내려다보고 있다.

벽이 낡아서 무슨 색인지 알아볼 수 없었으나, 대문은 우리가 살 때와 같은 파란색이었다. 큰 조카가 빈집인데 들어가 보지 않겠냐고 했다. 조카가 대문에 매어놓은 쇠줄을 어렵사리 풀었고 우리는 비어 있었기에 얻은 행운에 감사했다.

드디어 펼쳐진 낯익은 마당. 작은 화단에는 장미가 아직 남아있었다. 타고 올라갈 지지대를 해주지 않아 몇 개 되지 않는 가지를 축 늘어뜨렸던 볼품없는 나무였다. 몇 해나 견딜까 싶던 가녀린 것이 신기하게도 때만 되면 힘껏 꽃망울을 터뜨려 해묵은 냄새가 나는 집에 향기를 뿜어주었다. 장미가 시들면 장마가 온다는 말 때문이었나 꽃이 빨리 시들지 않기를, 그 향기가 오래가길 바랐다.

이렇듯 초여름의 익숙한 장미 향은 가끔 나를 유년의 뜰로 데려다주곤 한다. 마르셀 프루스트의 소설 『잃어버린 시간을 찾아서』에서 마르셀이 홍차에 적신 마들렌의 향을 맡고 과거의 기억을 떠올린 것처럼.

강아지 집이 있던 자리, 어릴 때, 창피한 것도 모르고 치마를 올리고 볼일을 보던 수돗가, 그 옆의 연탄 광, 화장실의 위치는 그대로였다.

'이렇게 비좁았던가.'

술래잡기 놀이도 많이 했던 곳이었다.

곧 허물어질 모습들을 가슴에 담으며 다시 대문 가로 나오는데 낡은 우편함이 눈에 들어왔다. 그곳엔 먼지 쌓인 우편물들이 구겨진 채로 주인을 기다리고 있었다. 그때 그 소년이 보낸, 구겨 버려진 편지처럼.

그날 아버지는 우편함에서 발신인 주소가 없는 하얀 봉

48

구름 속의 나날

투의 편지를 꺼내 들었다.

'미지의 소녀에게

아침마다 등굣길에서 보고 있습니다…

한번 만나고 싶습니다.'

편지 속의 주인공은 옆에서 지켜보던 사춘기 소녀인 나였다. 쳐다보는 아버지를 의식하니 얼굴이 화끈거려 어떤 남학생이 보냈는지 관심도 없는 척 편지를 보란 듯이 쓰레기통에 구겨 넣었다.

학생 때 남자친구를 사귄다는 것은 꿈도 못 꾸던 시절이었다. 아버지는 자상하고 유머 넘치는 분이셨지만 경찰관이라는 직업 때문인지 딸들을 엄하게 단속하셨다.

그래도 '셋째가 남학생에게 연애편지를 받을 만큼 예쁘게 컸구나.' 내심 기특해했을 아버지였을 텐데, 그 표정도 읽지 못하는 순진한 소녀는 지레 겁을 먹고 아쉽게도 일을 그르쳐 버렸다.

용기를 내 집까지 알아두고 직접 편지를 넣고 가기란 쉽지 않았을 텐데. 나는 겉모습만 소녀였을 뿐, 그 마음을 헤아려주기엔 한참 늦된 아이였다. 학교에서 돌아오면 집 안의 휴지통을 뒤지며 혹시 나 없을 때 맛있는 과자라도 먹었는지 증거나 찾는.

중년의 여인이 된 이제야 답을 한다. 그 소년과 마찬가지로 메아리도 없을 답신을. 나에게 이쁜 연정을 품어주어 감사했다고. 세월이 무심히도 흘렀건만 그때의 온기가 나를 따뜻하게 했다.

유년기부터 스무 살까지 살던 곳, 아버지와의 마지막 추억이 살아 있는 집.

개나리가 손 내밀던 미아리고개.

재잘대며 소풍 가던 창경원(창경궁)길.

덕수궁 돌담길의 은행잎과 연인들.

눈 덮인 광화문 네거리.

지금은 많이 변해 찾을 수 없는 곳도 있지만, 서울의 강북, 나는 이곳을 사랑한다.

내 생을 묵묵히 지켜봐 주며 나를 키워 준 곳이기에.

그 강북의 구석진 동네, 추억 속의 집도 재개발로 사라지겠지만 그럼에도 내내 그리울 것이다. 장미꽃 향기에 내 어릴 적 기억을 묶어 놓았으니.

그 꽃이 필 무렵이면 어린 시절 뛰놀던 옛집의 풍경들, 아버지와의 그리운 순간들은 다시 나를 찾아올 것이다.

1부 소주 두 잔

누구 없소

"이거 어떻게 해야 해?"

딸에게 전화를 걸어 긴장한 소리로 묻는다.

"내가 시키는 대로 따라 해봐. 이걸 드래그해서 옮기고 저기를 더블 클릭해서…"

말소리가 점점 아득하게 들려온다. 분명히 한국말로 다 풀어놓은 소리인데 조금 깊이 들어가면 도통 말을 알아들을 수가 없다.

학창 시절 국어 꽤 한다는 소리를 듣던 내가, 남이 하는 말도 척하면 툭이고 툭이면 뭐 떨어지는 소리로 냉큼 주워 담던 내가, 이젠 컴퓨터 앞에만 앉으면 주눅이 든다.

"왜 안 되지?"

"나는 안 되는데?"

같은 말만 되풀이한다.

세 번째 같은 말을 반복하는 아이 목소리에 짜증이 배어 들기 시작한다. 내 머릿속은 더 하얘지고 마음은 더 다급

해진다.

"알았어. 다시 해보고 전화할게."

입이 더 얼어붙기 전에 일이고 뭐고 일단 전화를 끊고 싶다.

큰애 말이, 요즘 아이들은 같은 말을 여러 번 반복하는 것을 싫어한단다. 같은 말을 여러 번 듣는 것 또한 물론이고. 그런데 나는 나이 들어갈수록 방금 한 말도 기억이 안 나 한 말을 또 하고 묻고 또 묻는다. 이러다간 아이들이 나를 불편하고 귀찮은 존재로 여길지도 모른다.

'엄마, 내가 이 말 몇 번째 하는지 알지?'라는 말이 나오면 드디어 올 것이 오고야 만 거다. 쥐구멍이라도 찾아 들어앉아 볕도 못 들게 이중문으로 잠그고 싶다.

"에효, 알았어. 이번에 집에 내려가면 해줄게. 급한 거 아니지?"

아이는 이렇게 말하고 전화를 끊었다.

뭐든 해봐야 이해 건 오해 건 할 텐데, 요 몇 년 사이 내가 변해 버렸다. 이젠 의욕조차 사라져 포기해 버린다. 해봐야 소용없다는 것을 인제야 터득한 것일까.

내가 점점 쓸모없어지는 것 같다. 갈수록 아이들에게 도움을 청할 일이 많아지고 스스로 할 수 있는 일이 줄어들어 가는 것 같아 두렵다.

　노인 한 분이 돌아가시면 백과사전 한 권이 없어지는 것과 같다는 말이 있다. 그 생애에 담긴 막대한 지혜가 사라진다는 뜻이다. 지금도 그것은 마찬가지지만 눈부시게 성장하는 사회의 신문물들을 잘 다루지 못하는 노인들은 소외당하는 시대가 도래했다. 신문물들은 나이 든 사람들의 정신을 쏙 빼놓아 쉽게 적응할 수 없어 예전 노인들보다 자신감을 더 잃게 만들어 놓았다. 자식들에게 짐스러운 존재가 될 것에 대한 부담을 지고 산다.

　낯설게 변해 가는 거울 속의 내 모습도 부정하고 싶고 여의찮은 건강도 서러운데 정신적인 압박감까지 가슴을 짓누른다.

　얼마 전, 늦은 나이에 취득한 자격증 덕분에 희망을 가지고 컴퓨터 배우기에 도전했건만, 첫 수업 후 탈주라는 비참한 결과와 맞닥뜨려야 했다.

　어떤 일이든 도전을 망설이지 않던 내게 처음으로 닥친 일이라 무척 당황스러웠다. 그러나 받아들이기로 했다. 앞으론 더 빈번해질 일들에 일일이 탄식하다가는 밥 먹을 시간도 없을 것 같다. 그냥 자격증만으로 만족하기로 했다.

　변화하는 세상에 대처하기 위해선 하늘나라에 가는 순

간까지 배우라고 한 탈무드도 재능이 없는 분야에서까지 스트레스를 받으면서 배우는 것을 요구한 것은 아닐 거라고. 능력은 점점 퇴화되어 가고 나이 듦에 비례해 자기 합리화만 진화해가는 나는 또다시 나 편한 대로 결론을 내린다.

노인들의 특징은 변화를 두려워한다는 것이란다. 인정하고 싶지 않지만 인정할 수밖에 없다. 두려워하지 않던 일들이 두려워지고 새로운 도전이 겁나 해보기도 전에 포기한다.

그런데 희한하게도 이렇게 사는 삶도 괜찮다는 생각을 한다. 이젠 허투루 보낼 시간이 없다. 실패의 쓴맛과 에너지 낭비를 줄이며 사는 지혜를 터득한 시점에 왔으니까.

신제품이 나와도 친절하게 알려주고 무슨 일을 하더라도 불편을 느끼지 않도록 돌봐줄 사람.

그런 사람 어디 없소?

나는 남이 차려놓은 밥상에 슬쩍 숟가락을 얹어본다.

구름 속의 나날

2부

승주

뜻밖의 선물

    컴퓨터 화면에 중년의 낯선 남자가 무엇인가를 열심히 설명하고 있고, 큰딸은 눈을 껌뻑이며 집중하고 있다. 그런데 가끔 나는 눈치 없이 그 상황을 잊고 그쪽으로 가까이 가기도 한다. 그러면 큰애는 눈동자를 찌그러뜨리며 나를 본다.

    '아 참, 카메라가 켜져 있지.'

    가려던 발은 그 자리에서 얼음. 트레이닝복 차림에 민낯, 이 모습으로 화면에 갑자기 등장하는 건 내가 봐도 아닌 거 같다.

    요즘 우리 집은 조용한 가운데 교수들의 강의 소리가 거실에서, 방에서 울려 퍼진다. 거실 책상에선 큰애가, 작은 방에서는 둘째가 사이버 강의를 듣기 때문이다. 각자의 방에서 하면 좋으련만 본인들이 편한 자리를 찜해놓고 수업을 받는다. 카메라로 교수와 같은 과 학생들의 얼굴을 마주 보며 마이크를 사용해 듣는 실시간 강의. 이것은 코로나에서 파생된 또 하나의 변수였다. 집안에서조차도 내 자유가 억압당하는.

오전 9시부터 수업이 시작되는 날도, 오후 7시에 끝나는 날도 있다. 세탁도, 청소도, 식사 준비도 이 시간을 피해 미리 하거나 나중에 해야 한다. 지인들과의 전화 통화도 숨죽여서 하거나 다음으로 미룬다.

나의 유일한 탈출구는 하루 한 번 정도 마스크를 쓰고 집 앞 공원 그네에 앉아 햇빛과 바람과 운동하는 사람들을 만나는 것. 답답할 때 하는 산책이나 운동은 활력을 준다.

작년 말 발생한 코로나19 바이러스에 감염되면 치료가 되더라도 치명적 후유증을 남긴다고 한다. 마스크 쓰기와 사회적 거리두기를 철저히 하는 수밖에 다른 뾰족한 방법이 없다.

몇 개월이 지나도록 확진자가 줄어들기는커녕 전 세계적인 재앙으로 번졌고, 학생들이 개학하는 3월에도 코로나 확산이 호전되지 않자 대면 수업 대신 사상 초유의 사이버 강의로 전환되었다.

꽃 피는 계절이 와도 사람이 모이는 곳은 피해야 하고

각종 모임이나 만남도 자제해야 하니 '코로나 블루'라는 신조어가 생길 정도로 우울해하는 사람들도 많다.

기약 없는 기다림이 불안하고 힘들다. 그리고 앞으로 이런 상황이 반복될 수도 있어 앞길이 창창한 아이들의 미래가 걱정스럽다. 가까운 시기에 백신이 개발되어 상용화되길 바랄 뿐이다.

예전에 누리던 평범한 일상들이 비범한 행복이었다는 것을 느끼게 된 요즘이지만 나에겐 감사할 일이 생겼다.

평상시 같으면 대학 기숙사에서 생활했을 아이들이 코로나로 인해 집에서 함께 지낼 수 있게 되었기 때문이다. 아이들 대학 진학 후 천 리를 사이에 두고 떨어져 지내며 전화로만 소통하는 것에 대한 갈증이 컸다.

자녀들이 집에서 먼 곳으로 진학할 경우, 사실상 그때부터 독립시킨다고 생각해야 한다. 가족에서 분리되어 나가는 것이다. 그러니 아이들과 부대끼며 오랜 시간 같이 지낼 기회는 주어지지 않는다.

둘 다 건축 전공인 딸들. 과제 때문에 책상에 엎드려 쪽잠을 자며 밤을 새는 날이 허다하다. 건축 모형을 만드는 날이면 밥 먹을 시간조차 없을 정도이고 집 안은 우드락

조각들이 여기저기 날아다니는 작업실이 된다. 내가 도울 일은 그저 애들 뱃속을 빵빵하게 채워주는 것뿐.

이토록 힘든 과정을 견디는 애들을 보면서 마음도 젖는다. 전화로 힘들다는 말은 많이 들었지만 이 정도일 줄 상상도 못 했다.

타지에서 몇 년간 대학 기숙사 생활을 한 아이들, 많이 변한 모습에 깜짝 놀라기도 하지만, 독립심도 강해지고 넓고 깊게 성장해가고 있었다.

내가 속상한 일이 있을 때 밖에 산책이나 다녀오자며 손을 끄는 아이들, 근처 카페에서 내가 좋아하는 차를 사서 손에 쥐어준다. 그 순간 나는 세상에서 제일 행복한 엄마가 되어 속상했던 일들도 스르르 풀려 버린다. 친구처럼 속을 훤히 읽어주는 딸들이 나의 가장 큰 재산이다.

그리고 외식도 마음 편하게 하기 힘든 이때 아이들과 새로운 음식을 만들어 먹는 재미도 쏠쏠하다. 요리에 관심이 많은 큰딸 덕분에 에그 인 헬, 라따뚜이, 밀푀유나베, 크림 치즈 새우, 베이컨 크림 파스타, 연어말이, 크레이프 케이크 등 이름조차 낯선 신세대 음식을 먹는 호사도 누린다.

기숙사 생활을 하며 배달음식에 익숙한 아이들이 음식들 간의 조합을 생각하며 꾸민 식탁도 나에겐 신세계였다.

치즈가 잔뜩 들어간 매운 떡볶이에 달콤한 허니 콤보 치킨을 찍어 먹고 쿨피스를 마신다. 곁들여 감자 핫도그를 잘라 찍어 먹으면 그 맛을 두 배로 즐길 수 있다.

카페에 가서 아이들이 권하는 신상 메뉴를 먹으며 나를 포함한 꼰대 세대에 대한 성토 앞에 바늘구멍을 찾기도 하지만 이런 다양한 일상도 즐겁다. 코로나로 인해 아이들과 자주 가던 노래방을 못 가는 것은 아쉽지만.

한국의 코로나 확진자들은 줄어가고 있는데 우리는 늘어가는 '확~찐자' 대열에 동참하게 될 것 같아 걱정이다. 다이어트 해야 한다면서 볼이 미어지게 먹는 아이들, 점점 동그래져 가는 얼굴마저 귀엽다.

생각지도 못한 코로나로부터 받은 뜻밖의 선물. 성장한 아이들과 함께할 수 있는 금쪽같은 시간이 나를 찾아준 것이다. 아이들을 겉으로 보이는 모습으로만 판단하려 했던 나를 반성하게 되었고 사고의 폭이 넓어진 아이들과 서로를 더 깊이 이해하게 되었다. 2020년은 코로나19 바이러스가 창궐한 아픈 해지만, 아이들과 뜻깊은 몇 개월을 함께 한 인생의 보너스를 받은 고마운 해로 기억될 것이다.

  "엄마, 오이 사 와. 오늘 수업 후에 시간 여유가 있으니 오이소박이 내가 담가볼게."라고 하며 정신없는 엄마를 위해 메모지에 사 올 목록을 적어 주는 큰애.

  내일은 아이들과 함께 담근 싱그러운 오이소박이를 먹을 수 있다.

살거나 죽거나

"비파열 대뇌동맥류로 보입니다. 그러나 정확한 검진을 위해 상급 병원에서 혈관 조영제 CT를 찍어보는 것이 좋겠습니다."

어지럼증이 오랫동안 가시지 않아 찾은 병원에서 의사의 권유로 MRA를 찍고 들은 결과였다. 아직 파열되지 않았다는 말, 그 말은 언젠간 파열돼야 한다는 말 같았다. 내 머릿속에 시한폭탄이 들어있다는 것처럼. 거기다 머리 한 가운데라 위치가 좋지 않다고 했다.

아직 못다 한 일이 많은데.

뇌졸중으로 말 한마디 못 하시고 일주일 만에 돌아가신 아버지가 떠올라 금방 죽음이 닥치기라도 할 듯 다리가 후들거렸다.

집에 도착하자마자 의자에 털썩 주저앉았다. 따뜻한 물 한 잔을 마시며 사방을 둘러보았다. 모든 것이 그대로인데 오늘 처음 보는 것처럼 낯설었다. 딱딱한 덩어리에 가슴이 짓눌리는 것 같았다. 눈물이 핑 돌았다.

멀리 있는 딸들의 웃는 얼굴이 창 너머 하늘에 흐리게 그려졌다. 만혼으로 삼십 대 중후반에 얻은, 아직 대학생인 두 딸. 가슴 한쪽이 따끔따끔 아려왔다.

따뜻한 물을 계속 마셔서인지 차갑게 얼어가던 손, 발이 따스해지면서 서서히 진정되었다.

어디선가 담담히 받아들이라는 소리가 들리는 것 같았다.

'그래, 세상은 이렇게 살다 가는 거야. 내 몫이 끝났다면 다 내려놓아야 하는 거라고.'

그래도 나는 아버지보다는 운이 좋다. 미리 알았기 때문에 마음의 준비를 할 시간도 있고, 조심하며 관리하면 희망은 있으니까. 어차피 인생이란 잠깐 다녀가는 여행이다. 누구나 맞는 일이지만 기간이 조금씩 다를 뿐이다.

미뤄놓았던 숙제가 내일이 마감인 것처럼 갑자기 마음이 바빠지기 시작했다. 이제까지 미처 나눠주지 못한 사랑, 이해, 용서의 분량을 다 채우려니 말이다. 사는 동안 사랑만 하고 살아도 시간이 부족하다는 말이 가슴을 할퀴고 지나간다.

생각이 꼬리에 꼬리를 물었다.

'사후 세계가 있을까?'

'정말 천국과 지옥이 있을까?'

사후 세계가 있다고 믿지는 않았지만, 혹시나 천당과 지옥이 있다면 어떻게 해야 할까. 신에게 달려가 아침저녁으로 무릎 꿇고, 알고 모르고 지은 많은 죄를 사하여 달라고 떼라도 써야 하나.

진단받은 후 하루하루가 고통스러웠다. 정밀검사를 위해 대학병원에 예약한 날이 가까워질수록 더 했다.

'아직 확실한 것은 아니니 희망은 있어. 다시 정밀검사를 해보자는 건 뭔가 단정 짓기 미심쩍다는 거야. 아냐, 아닐 수도 있어. 진행 상태가 어느 정도인지 시술이나 수술을 할 수 있는 건지 알아보려 하는 것일 거야.'

하루에도 몇 번씩 오가는 이 두 가지 생각은 의욕을 잃게 했고 무기력하게 하루하루를 견디게 했다. 제발 꿈이었으면.

한 달이 지나 정밀검사를 위해 대학병원에 예약한 날이 되었다. 아침부터 우울한 마음으로 진주에 있는 병원으로 향했다. 혈관에 조영제를 맞으며 CT를 찍고 결과를 기다리는 동안, 심한 긴장감으로 인해 또다시 머리가 아팠다.

"이경애 님, 들어오세요."

인상 좋은 의사는 결과지를 보며 조목조목 친절하게 설명했다.

"문제가 되어 보이던 동맥에 약물을 넣고 여러 방향에서 자세히 보니, 환자분의 혈관 모양이 원래 저렇게 생긴 겁니다. 옆의 혈관 모양도 그렇게 생겼죠. 이건 문제가 되지 않는 정상 혈관입니다. 걱정하지 마세요."

순간 나는 귀를 의심했다. 내가 지금 꿈을 꾸고 있나. 꿈이길 바라던 현실이 정말 꿈으로 나타난 것이다.

"감사합니다. 감사합니다."라는 말이 계속 나왔다.

진단을 받고 정밀검사를 하기까지 한 달여간의 마음고생이 순식간에 날아가 버리는 순간이었다. 하필 왜, 내 뇌혈관은 별 모양으로 그리도 예쁘게(?) 생겨 먹은 건지. 그리하여 나에게 지옥과 천국의 맛을 보여주는 건지. 그래도 좋았다.

"정상입니다!"라는 말이 얼마나 감사했던지. 정상으로 산다는 것이 얼마나 큰 축복인지.

병원 밖으로 나왔다.

구름 속의 나날

날은 더웠지만 하늘은 더없이 맑았고 지저귀는 새들의 소리가 활기차게 들렸다.

동행한 남편도 근래에 보기 드문 밝은 표정으로 웃고 있었다. 그를 보며 이제부터는 더 잘해줘야겠다고 생각하며 차에 올랐다.

만일 예상대로 동맥이 부풀어 있던 상태였다면 남은 생은 잿빛이었을 것이다. 스트레스가 가장 큰 위험요소라는데, 어찌 살면서 그것이 없을 수 있나.

이제 다시 기회가 왔으니 인생과 사이좋게 지내야겠다. 사랑도 후회 없이 나누고 나를 쥐고 있다 놓아버린 사람들도 용서해야겠다. 이런저런 다짐과 다시 온 행복을 느끼며 노래를 틀어놓고 따라 부르기도 하며 고속도로를 달렸다.

그러던 중, 차의 과속이 감시카메라에 찍힌 것 같다며 갑자기 그가 짜증을 냈다.

"뭐라고? 그것이 나 때문이라고?"

감사해하며 사랑타령을 하던 조금 전의 나는 도대체 어디에 있는 건지. 나는 또다시 얼굴이 빨개지도록 핏대를 세우고 있었다.

댄싱퀸

청명한 오월의 주말, 상사호로 향한다.

신록이 우거진 길을 따라 호수가 보이는 곳에 자리를 잡고 차 의자를 뒤로 젖혀 편하게 눕는다. 차창으로 꽃내음까지 산들산들 들어오니 더할 나위 없는 행복감이 스며든다.

호수 너머의 산들이 진초록으로 변해가는 것을 보며 좋아하는 가수의 음악을 튼다. 퀸, 유리스믹스, 앤 마리, 올리비아 뉴튼존, 비지스의 노래가 차례로 흘러나온다.

이번 곡은 아바(ABBA)의 〈댄싱퀸(Dancing Queen)〉. 나에게 행복한 기억을 준 곡이다.

피천득 선생이 "나의 시선이 일순간에 수천수만 광년 밖에 있는 별에 갈 수 있듯이, 기억은 수십 년 전 한 초점에 도달할 수 있다."고 말한 것처럼 나는 긴 세월을 단숨에 건너뛰어 그날의 신박했던 기억 속으로 간다.

둘째를 낳고 몇 달 후에 남편 임지인 서산으로 이사를 했다. 아이들이 어릴 때라 몸도 마음도 고달플 때였다. 지인도 없는 외지에서 아기들을 키운다는 것은 무척이나 벅찬 일이다.

그해 8월의 초저녁, 집 근처 안면도 꽃지 해수욕장으로 갔다. 그때 마침 노을이 지기 시작했고 찰랑거리는 바다도 붉게 물들고 있었다. 바다를 보는 것만으로도 가슴이 시원해졌다.

우리는 해수욕장 앞 롯데캐슬의 야외 카페로 갔다. 일몰의 바다를 볼 수 있는 전망 좋은 장소였다. 거기에 신나는 음악까지 쾅쾅 울렸다.

육아 스트레스로 찌든 내게 탁 트인 공간은 위안이 되었다. 시원한 맥주를 마시며 타들어 가는 노을, 오렌지빛으로 물드는 물결과 어우러지는 음악으로 오랜만에 즐거운 시간을 가졌다.

시간이 조금 지나자 아바의 노래 〈댄싱퀸〉이 여기저기 스피커를 통해 신나게 흘러나왔다. 거기 모인 많은 사람이 함성을 질렀고 흥이 점점 고조되고 있었다.

그러던 중 어디선가 와~ 하는 소리와 함께 손뼉 치는 소리가 들렸다. 놀라 그쪽을 바라보니 통통한 체구의 점

잖게 생긴 남자가 흥에 겨웠던지 의자에서 일어나 〈댄싱
퀸〉에 맞춰 춤을 추고 있었다.

어찌나 리드미컬하게 잘 추는지 사람들이 감탄사를 연
발했다. 특히 "You are the dancing queen~"으로 시작하
는 클라이맥스 부분에서 허리를 더 빨리 흔들며 팔로 사
방을 찔러대는 그는 코믹 디스코의 진정한 댄싱퀸이었다.

젊은 시절, 디스코 파마머리에 핑크빛 미니스커트를 입
고 무교동 '코파카바나'에서 신나게 찌르던 추억의 춤,
디스코.

테이블에는 그의 가족인 듯 어린아이와 아내도 함께였
다. 아내와 아이들 앞에서도 저렇게 즐길 수 있는 남자. 실
루엣만으로도 그는 참으로 매력적이었다. 춤을 잘 추기도
했지만 그 자신감, 솔직함이 사랑스러웠다. 남의 이목 따
윈 신경 안 쓰고 본인 감정에 충실할 수 있다는 게 얼마나
부러웠던지.

그 춤에 푹 빠진 나도 그와 함께 찌르고 싶었지만, 유
모차에서 내 눈을 맞추며 웃는 딸을 보면서 정신이 돌
아왔다.

집으로 돌아오는 길에도 그의 모습이 계속 떠올라 웃음
이 나왔다. 참 즐거운 저녁이었다. 그는 힘든 일상의 나를
건드려 즐거운 윤활유를 주고 사라졌다.

2부 승주

지금도 이 노래를 들을 때면 가끔 그때 춤을 멋드러지게 추던 남자가 궁금해진다.

내 또래였으니 환갑 전후의 나이일 텐데 지금도 춤을 잘 출까?

그 자리에 있던 내가 지금도 기억한다는 것을 알고나 있을까?

그날 당신이 무척 멋졌다는 것. 내가 기분 전환이 필요할 때, 이 노래 속에서 툭 튀어나와 주인공이 된다는 것도.

그 사람은 그날 내 기억 속, 아니 여러 사람의 기억 속에 각인 됐을 것이다. 짧은 인생에서 남에게 행복한 기억을 남겨 준 사람이기에.

사람에게 행복한 기억을 심어 준다는 것은 얼마나 큰 축복일까. 그런 사람은 행복한 사람이다. 어떤 것으로든 줄 게 있다는 건.

나는 누구에게 행복한 기억을 남겼을까.

한 번이라도 준 적이 있었을까.

없었다면 지금부터 춤 연습이라도 해야 할까.

오늘, 그 남자 덕분에 행복한 상상에 빠져본다.

딸의 갑질

"노래방에 갈까? 한 시간 소리 지르면서 스트레스 날리는 거 어때?"

고등학교 2학년 둘째 딸에게 이런 제안을 했다.

사실 딸은 시험을 보름 정도 앞둔 시기여서 시간을 아껴야 했다. 그런데 아이의 스트레스가 만만치 않아 보였다. 그것을 풀어줄 마땅한 방안도 떠오르지 않았고, 한 시간 정도 쉬어가는 것도 좋겠다고 생각했다. 시험 기간이라고 계속 책만 붙들고 있다고 해서 능률이 오르는 것도 아니니까.

요즘 애들은 핸드폰으로 게임이나 웹툰을 보면서 스트레스를 푼다고 한다지만, 시험 기간에는 내게 핸드폰도 반납하고 공부하는 딸아이라 그녀의 취향을 고려하여 노래방을 선택하였다. 아이돌 랩을 기가 막히게 토해낼 정도로 노래를 무척 좋아하는 그녀. 그날 우리는 노래방에서 즐거운 시간을 보냈다.

그런데 며칠 후에 일이 터지고 말았다.

딸아이가 정신집중을 위해 책상을 정리한다고 하길래 기특하다 생각하고 가보니, 잡동사니들을 몽땅 꺼내놓고 시간 가는 줄 모르고 노닥거리고 있었다. 나는 시험이 걱정되어 "지금은 이런 거 하고 있을 때니? 시험이 바로 코앞인데." 하고 핀잔을 주었다. 그러자 딸은 대뜸 이렇게 쏘아붙이는 것이었다.

"그럼 노래방도 가지 말았어야지. 나한테 시간 낭비한다는 말을 하려면!"

나는 순간 말문이 막혔다. 홧김에 나온 말이라는 걸 안다. 사춘기에 공부도 힘이 많이 든다는 것도. 그러나 아이가 너무 미웠다. 섭섭함이 밀려왔다. 그리고 곰곰이 나 자신을 돌이켜보았다.

순천에 이사 온 지가 얼마 되지 않아 친구가 없는 나는 딸들과 함께하는 노래방이 적적함을 달래기엔 좋은 장소였다. 딸들과 외출하게 되면 마지막 순서가 만장일치로 노래방이었다. 그런데 작년에 큰애가 대학 진학을 위해 서울로 올라가 이젠 둘째와만 가끔 간다.

괘씸한 마음에 한동안 시큰둥하게 대했다. 평소 '뒤끝은 없어!'라고 쿨한 척 말하지만, 사실 나는 뒤끝이 많다.

이번 딸의 소행을 보며, 딸애가 엄마에게 맹랑한 갑질을 했다고 생각했다. 딸이기에 애교로 넘어가 줄 수 있는 이 작은 갑질, 엄마가 본인과 함께가 아니면 좋아하는 노래를 즐기기 힘들 거라는 생각에서 나온 것이다. 나는 그때 적당한 반박 거리를 찾고 싶었지만, 구구절절 논리에 맞는 말을 하는 딸애 앞에서 말문이 막힌 채 돌아섰다.

애들이 어릴 때는 올바른 가치관 정립을 돕기 위해 엄하게 가르쳤고 애들도 잘 따라줬다. 부모의 그늘에서라야 어린 자신들이 안전하게 성장할 수 있다는 것을 알기라도 하듯. 몸은 힘들었지만 아이들로 인한 스트레스는 별로 없었다. 아마 그때는 나도 모르게 갑질도 했을 것이다. 힘 없는 자녀들에게.

이후 그녀들 스스로 생각하고 판단하는 시기가 오자 만만치 않은 고통이 시작되었다. 나의 행동에 비판이 시작되었고 반항도 서슴지 않았다. 조심한다고 해도 인생의 선배로서 가르치려는 마음을 갑자기 제어하긴 힘들었다.

갱년기와 사춘기와의 대립은 누구 잘못이라고도 할 수

없는 일들의 연속이었다.

아이들은 성장하면서 점점 힘을 키워가고 나는 나이 들어가며 자신감과 힘을 잃어가고 있다. 이번 일도 예전 같았으면 속엣말을 쏟아내며 가르치려고 했을 텐데 입을 다물게 되었다. 나의 KO 패가 불 보듯 뻔했으니까.

갈수록 여러 가지 부분에서 힘이 빠질 수밖에 없는 내가 왕성해지는 아이들 앞에서는 을의 의자에 앉는 것이 편할 것 같다. 부모 자식 간에 갑을을 따지는 것조차 민망하지만 냉정히 판단해 보면 당연한 이치다.

지금의 노인들.

한창일 때는 시어머니 노릇을 남부럽지 않게 하던 분들도 이젠 우리 세대의 눈치를 보는 것이 확연히 느껴진다. 그분들을 보면서 우리 세대의 미래가 그려진다. 그나마 그분들은 대놓고 효도를 강요할 수나 있었으니 우리보다는 좀 더 누리고 살았다 할 수 있겠다.

세탁을 끝낸 후에, 세탁기에 미처 들어가지 못하고 뒹굴고 있는 양말 한쪽이 나를 슬프게 하는 것처럼, 딸들 앞에선 영원한 '을'일 수밖에 없는 현실이 나를 슬프게 한다.

79

구름 속의 나날

봄이 움트던 그때

지-그 지-그 작. 작.

주술사의 주문 같기도 한 자작곡을 부르는 아버지 앞에
는 아침상이 차려져 있다. 잠이 덜 깬 나는 아버지 앞에 서
서 그의 노래에 맞춰 천천히 움직인다. '느리게'로 시작해
'조금 빠르게' 그리고 '아주 빠르게'로 숨차게 마무리되는
노래. 나는 느릿느릿 몸에 시동을 건 뒤, 점차 빠르게 양팔
을 앞뒤로 휘젓는다. 이 막춤의 클라이맥스인 까치발 뛰기
까지 오면 웬만한 코미디가 따로 없었다고 한다.

이윽고 코믹한 춤과 노래가 멈추고 박수 소리와 함께
부모님의 유쾌한 웃음소리가 방 안에 울린다. 막춤 끝엔
항상 상이 기다리고 있었다. 제비 새끼처럼 아버지를 향해
입을 벌리면 아버지는 상에 있는 달걀부침을 입에 쏙 넣어
주었다. 고소하고 부드러운 계란의 살살 녹는 맛이란…

도대체 어쩌다, 언제부터 시작되었는지 아무도 기억 못
하지만, 희한한 아버지의 노래와 그에 걸맞게 막춤 실력을

뽐내던 나. 어린 딸에게 재롱의 대가로 그 시절 귀했던 달걀을 입에 넣어주던 아버지. 내 생의 봄은 그렇게 움트기 시작했다.

나는 아버지의 깊고 유쾌한 사랑으로 봄꽃처럼 쑥쑥 자라났다. 언니와 오빠는 조용한 성격이었고 유독 나만 말도 많고 탈도 많은 명랑 소녀로 아버지를 무척 잘 따랐다. 그는 나의 든든한 배경이자 우상이었다. 퇴근길 환하게 웃으며 당시 새로 나온 과자들을 한 아름 안고 오는 그를 기다리는 것이 나에겐 큰 즐거움이었다.

내 생이 막 발돋움하던 그때.
나를 단단히 지켜주는 아버지라는 울타리, 마르지 않는 샘 같은 그의 사랑 속에서 자신감이 넘치는 아이로, 행복한 아이로 살던 그때.
"이 다음에 커서 아빠랑 결혼할 거야." 하며 아버지를 웃음 짓게 하던 그때. 그때가 내 인생에서 가장 따뜻했던 봄날이었다. 남부러울 것 없이 순수하고 행복한 나날이었다.

8살 때 장기 자랑에서 뜻도 모르는 아버지의 18번 노래를 씩씩하게 불러 주위 사람들에게 웃음을 주었던 노래가 떠오른다. 초등 6년을 일제강점기에 보낸 그는 우리 가족을 무척이나 아끼고 사랑했다. 연탄재를 버리면서도, 담배를 입에 물고 설거지하면서도, 반려견 다크, 은실이와 마당에서 놀아주면서도 유쾌한 리듬의 이 노래와 항상 함께였다.

"아노오꼬 가와이야 캉캉 무스메

아까이 브라우스 산다루 하이데…"

어린 시절 흥얼흥얼 따라 부르다 각인 되어버린 이 곡의 제목은 〈캉캉 무스메(カンカン娘)〉. 최근에 검색해 보니 실존하는 일본 가요였다. 코믹하게 불렀기에 아버지의 주특기인 자작곡이라고 생각했었다. 1949년에 만들어져 대 히트를 친 이 곡은 아마도 일본에서 학업을 마친 조부께서 아버지의 소년 시절에 즐겨 들었던 곡이었나 보다. 어느덧 이 노래는 조부로부터 아버지로 또 나에게까지 행복했던 순간들을 이어주는 끈이 되었다.

'아노오꼬~~'가 들리는 순간은 소년 시절 찬란했던 그의 기억이었다.

가족에 대한 깊은 사랑이었다.

그와 나의 봄날이었다.

아버지와 나의 봄날은 같은 시간, 같은 장소로 오버랩된다.

이 노래만 남겨놓고 세상을 일찍 등진 아버지와 함께 내 인생의 봄날도 짧고 빠르게 가 버렸다. 그러나 밝고 따뜻했던 그의 에너지는 지금도 내 마음속에 살아 봄날을 실어 온다.

나는 누구에게 단 한 번이라도 생의 봄날을 주었을까.

아버지로 인해 행복으로 틔운 봄의 움은, 내내 폭우가 내린 내 생의 여름을 잘 견뎌내고 은행잎 곱게 물든 가을로 접어들 수 있게 해주었다.

쓰레기가 사라지다

대대적으로 집 안 정리가 한창일 때, 쓰레기양이 늘어 며칠간 부득이하게 현관 밖 상자에 모았다가 저녁에 한꺼번에 버렸다. 그런데 이상하게도 버릴 때 보면 상자 안의 쓰레기가 몇 개씩 사라졌다. 처음엔 별 괴상한 일도 다 있다고 생각했지만, 쓰레기양이 줄어드니 편해 대수롭지 않게 여겼다.

그러나 이 일이 반복되자 공포영화 주인공이라도 된 듯 등골이 오싹해지기 시작했다.

종이 수거하는 분이 가져갔나?

누군가 우리 집을 감시하나?

쓰레기를 뒤지면서 뭔가를 캐내고 있는 것일까?

이 해괴한 일은 도대체 누구의 짓일까?

살다가 별일도 다 겪는다. 쓰레기가, 그것도 조금씩 없어지다니. 그날 이후로 내 신경은 온통 현관 밖으로 집중되었다.

그러던 어느 날, 밖에서 '부스럭' 소리가 났다. 놓치면 안 된다는 생각에 용기를 내 현관문 걸쇠를 걸어둔 채로 문을 열었다.

"앗!"

현관문이 그의 엉덩이를 미는 바람에 그와 내가 동시에 소리를 질렀다.

할머니였다. 앞집 할머니.

그녀는 계단에 놓여있는 우리 집 쓰레기 상자를 뒤적거리고 있었다. 나는 걸쇠를 열고 나가 인사했다.

"아, 내 쓰레기가 몇 개 안 돼서⋯ 버리러 가는 김에 여기 있는 것도 좀 버리려고요."

친정엄마 연령대의 바싹 마른 할머니가 머쓱한 표정을 짓는다.

앞집 할머니는 1인 가구로 가끔 자녀들이 다녀간다. 작년에는 몇 달간 할머니의 모습이 보이지 않아 궁금했으나 다시 나타난 할머니에게서 골반에 금이 가 몇 달 치료받았다는 이야기를 들었다.

그녀는 부지런해 쓰레기가 조금만 나와도 바로바로 밖의 수거장에 버리는 것 같다.

엘리베이터나 밖에서 마주칠 땐 항상 빈 봉지 한두 개

나 음식물 쓰레기 봉투를 들고 있었다. 하루에도 몇 번씩 쓰레기를 핑계로 운동 삼아 동네 한 바퀴를 돌고 온다고 했다.

이후로도 며칠간 그녀가 재활용품을 버려주는 것이 신경은 쓰였으나, 정리를 마친 후 현관 밖 상자를 치움으로써 쓰레기 분실 사건은 깔끔하게 종결되었다.

얼마 후 저녁 시간에 강의를 들으러 가던 날, 택배 온 것을 보았지만 시간이 없어 집 안에 들여놓지 못하고 갔다.

수업을 마치고 엘리베이터에서 내리니 아까 도착해있던 택배 상자가 그 자리에 없었다. 놀라서 두리번거리며 찾아보았다.

계단 위에 신문지로 얌전히 싸여진 상자가 눈에 들어왔다. 그것을 보는 순간, 웃음이 나왔다. 잘 감춘다고 한 것 같은데 너무나도 잘 보였다. 이것 또한 옆집 할머니의 손길임을 안다. 쓰레기 상자를 치운 것이 섭섭하셨는지 이젠 택배 물건을 챙겨 놓으신다.

'이 무거운 것을 어찌 들어 여기에 올려놓으셨을까.'

마르셨으나 힘은 장사인 것이 분명하다. 그리고 가슴이 따뜻한 분이라는 것도. 적적한 일상을 건넛집에 관한 관심으로 표현하는 그녀. 어떤 이에게는 이러한 관심이 부담스러울 수도 있겠으나 나는 그렇지 않다. 서로에게 무심한 것이 일상이 된 요즘, 오랜만에 느껴보는 따스함이었다.

문을 닫고 산 지 거의 십 년.

서로 음식을 나누고 이야기를 나누며 살아가는 정도 있지만 세상은 변했고 소통의 방법도 다양해졌다. 여러 갈래의 통로를 통해 서로에게 관심이 있다는 것을 발견하는 것은 무척 고마운 일이다.

지난 주말에 그녀와 엘리베이터를 함께 타게 되었다. 차에서 먹으려고 커피와 간식거리를 담은 비닐봉지를 양손에 들고 탔다. 그녀는 그것을 보더니 친절한 목소리로 자신이 버려줄 테니 달라고 했다. 순간 나는 또 웃음이 터졌다. 그리고 반성했다. 담부터는 좀 더 멋진 봉지에 간식을 담아야겠다고. 이건 내가 잘못한 것이라고.

쓰레기로 착각했던 그녀는 조금은 서운한 듯한 표정으로 웃었다.

집에 있는 것을 즐기는 나 덕분에 심심할 우리 현관문에 비해, 하루에도 몇 번씩 여닫히는 앞집 문. 그 마찰음은 80대 중반의 나이에도 지팡이 없이 잘 다닌다는 소리이다. 그러나 언젠가부터는 저 문의 여닫는 빈도도 점점 줄어들

것이다. 그러다 또 조용해지는 순간도 올 것이다.

　내일부터 다시 현관 밖에 상자를 놓아두어야겠다.
　사라져 가는 쓰레기를 보며 그녀가 전하는 안부를 듣고
싶다.

구름 속의 나날

승주

오후 4시, 일주일에 한 번 만나는 승주를 보러 간다. 항상 일요일 오전 11시 정도에 만났는데 오늘은 벚꽃 구경을 하고 오느라 많이 늦었다.

하수종말처리장에 도착했다.

두리번거려 봐도 우리 차의 엔진 소리를 들으면 달려 나오던 승주가 보이지 않았다.

얼마나 지났을까, 승주의 간식 봉지를 만지작거리고 있을 때,

"월월월월~~"

반갑다는 듯 입을 하늘로 치켜올리고 큰 소리로 짖으며 달려 나오는 승주가 보였다. 멀리서 나오느라 시간이 좀 걸렸나 보다.

나는 신이 나 얼른 간식을 꺼내 들었다. 그리곤 가까이 온 승주에게 그것을 던져주었다. 승주가 조심스럽게 다가와 냄새를 맡더니 맛이 있는지 게 눈 감추듯 먹어치웠다.

간식을 더 주었다. 승주는 웬만큼 배가 불렀는지 남은 거를 물고 자신의 아지트로 향했다.

"건강하게 잘 있어. 다음 주에 또 올게." 하며 나는 손을 흔들었다. 승주는 알아들었다는 듯 나를 한 번 흘긋 쳐다보았다. 오늘은 지난번보다 승주와 더 가까워진 느낌이다.

돌아오는 길, 반갑게 짖던 승주의 목소리가 귓가에 쟁쟁했다. 우리를 기다렸다는 그 소리가.

언젠가부터 다람쥐 쳇바퀴 도는 일상에서 벗어나 일주일에 한 번이라도 자연 속에서 아침 식사를 하는 게 어떨지 생각했다.

이슬을 머금고 피어나는 햇살, 그 햇살을 영양분 삼는 소박한 식사를 일단 몇 번이라도 실행해 보기로 했다.

보온병에 커피를 담고 단골 빵집에서 방금 나온 달콤 짭짜름한 빵도 준비해 자연의 품에서 맞이하는 식사. 그리고 호수가 내려다보이는 곳에서 햇살과 함께 산책도 하고, 새들의 지저귐 속에서 한 주 사이 변한 자연의 모습을 가슴에 담으며 상사호를 따라가다가 '승주하수종말처리장'에서 차를 돌려 집으로 오는 것이다.

조금은 엉뚱하고 뜬구름 같던 이 계획이 의외로 부담스럽지 않고 만족스러웠다. 그래서 지금까지 이어오고 있다.

승주.

내가 지어준, 그 개의 이름이다.

승주를 처음 본 것은 주말마다 상사호에 오기 시작한 일 년 전쯤이다. '승주하수종말처리장' 정문에서 차를 돌리려는데 목줄도 없는 누런 개가 달려 나와 우리를 보고 사납게 짖어댔다. 그러기를 거의 일 년. 처음에는 관심이 없었다. 그곳에 사나운 개 한 마리가 있다는 정도였다.

그런데 한 달 전쯤, 여느 때와 마찬가지로 우리는 차를 돌리려 했고 그 개는 달려 나와 짖고 있었는데, 짖어대면서도 꼬리를 살랑살랑 흔드는 것을 우연히 보게 되었다. 마치 우리를 알고 있다는 것처럼.

꼬리 흔드는 것이 신기해 창을 내리고 그 개를 찬찬히 바라보았다. 족히 10살은 넘어 보였고 오랫동안 씻지 못했는지 털도 좀 지저분했다. 배도 홀쭉하게 말라 있어서 안쓰러웠는데, 씩씩하게 짖는 행동과 달리 개의 눈동자는 무척 슬퍼 보였다.

'이곳에서 키우는 갠가? 아니면 버려진 갠가?'

그 개에 아무런 관심도 없던 내가 집으로 돌아오며 머리가 복잡해졌다. 슬픈 눈동자와 바싹 마른 체구, 특히 그 홀쭉하던 배가 눈에 아른거렸다.

'저 개는 도대체 무얼 먹고 지낼까?'

집에 도착한 후, 나는 어느새 승주의 간식을 주문하고 있었다.

어릴 적, 개를 좋아하는 아버지 덕분에 마당에서 개를 항상 두세 마리 키웠다. 익숙했기에 개를 싫어하지는 않지만 키우고 싶은 정도로 좋아하지도 않는다. 품종도 키우던 개 몇 가지만 구별할 뿐 나에게는 그냥 다 같은 개일 뿐이었다.

그런데 지금 이 감정은 무엇일까.

내 눈에 들어온 승주.

승주는 아마도 유기견이었을 것 같다. 낯선 이들을 경계하는 게 당연하겠지만, 그동안 어느 정도 얼굴을 익혔고 우리가 나타나면 항상 먹거리가 있다는 걸 알면서도 계속 머뭇거렸다. 간식을 먹으라고 손짓해도 무슨 생각이 그리 많은지 먹기까진 꽤 오랜 시간이 걸렸다. 우리가 차에 올라타 문을 닫아야 비로소 천천히 먹이로 다가갔다.

지나다니며 또는 산책길, 공원에서 보는 개들은 얼마나 천방지축인가. 하룻강아지 범 무서운 줄 모른다고 대체로 명랑하고 호기심이 많다. 내가 지나가면 다가와 나를 놀리듯 장난치듯 킁킁 코를 들이대기도 한다.

그러나 승주는 달랐다. 나이 때문만은 아닌 것 같다.

우연히 승주도 함께 하게 된 상사호의 아침 식사.

사실 승주의 간식을 챙기고자 했을 때, 두려움이 있었다. '아예 시작하지 말까' 생각도 했다. 서로에게 상처로 남을 수도 있기 때문이다.

'누군가에게 길든다'는 말은 '그 누군가 때문에 눈물 흘릴 일이 생길지도 모른다'는 말과 같다. 길드는 순간 서로에게 중요한 존재가 되지만 언젠가는 지켜주지 못하는 순간이 올 것이다.

내가 먼 곳으로 떠나가거나, 아니면 나이 많은 승주가 이 세상을 떠나거나.

그래도 우리는 일주일에 한 번이라는 정해진 시간을 지키려 애쓰며 서로를 길들인다. 승주가 그 만남의 간격을 알기는 어렵겠지만 본능적으론 알 수도 있다는 기대를 하면서. 오늘 반갑게 짖으며 달려온 승주를 보며 그렇게 믿고 싶다.

다양한 맛을 접해보지 못했을 승주에게, 허락된 시간 안에서 먹는 즐거움이라도 주고 싶다. 하루하루 쇠약해지고 있는 승주에겐 무슨 즐거움이 있을까. 직원들이 모두 퇴근한 적막한 그곳이 승주에겐 어떤 의미일까.

구름 속의 나날

이런 승주에 대한 안쓰러움을 가끔 간식을 가져다주는 것으로 의미를 부여하는 것에 대한 자책이 들기도 한다. 그러나 새로운 먹거리를 맛보는 것이 승주에게는 작은 즐거움일 수도 있다고 나 스스로를 위로해 본다.

무수히 많은 사람 중의 내가, 무수히 많은 생명체 중 하나를 눈에 담는다는 건 큰 의미일 것이다. 특히 개에 전혀 관심이 없던 나에게 승주가 마음에 들어왔다는 것은.
예전에는 느끼지 못했던 소중함의 가치가 나이 들면서 변화해 간다. 이 세상에 온 생명체들, 그 무엇 하나 소중하지 않은 게 있을까마는 어떤 것은 사랑 속에서 살아가고 어떤 것은 버림받고 살아간다.

이 쓸쓸한 세상에, 나를 기다리는 그 누가 있다는 것, 누군가에게 기다림의 대상이 된다는 것이 나에게 얼마나 큰 기쁨인지. 만남의 횟수가 쌓일수록 조금씩 곁으로 다가오는 승주를 보는 것이 즐겁다.

'승주하수종말처리장'에 사는 개라 별생각 없이 '승주'라고 이름 지었는데, 예전엔 순천보다도 더 알려졌던, 그러나 수몰 지역이 되면서 잊혀가는 지명이 된 승주.

승주도 고향 같은 누구에겐가 잊혀진 존재로 살아왔을 것이다. 내가 누구에겐가 잊힌 존재로 살아온 것처럼.

수몰 지역이 되어버린 승주에서,

고향을 떠나 승주에 온 내가,

그와 맺은 시절 인연의 끝도 언젠가는 찾아올 것이다.

어느 날부터 모습이 보이지 않더라도 한동안은 찾아갈 것이다.

그러다 계속 못 보게 되면 그곳 직원에게 안부를 물을 것이다.

월월월월.

반가움에 달려 나오던 승주의 목소리를 기억하며.

3부

폭설

청하지 않은 손님

오랜만에 미세먼지 없는 맑은 아침을 선물받았다. 어제 비가 와서 그동안 쌓였던 먼지도 말갛게 씻겨졌다. 햇살은 집안을 환하게 밝혀주었고 나는 이 햇살을 좀 더 붙들어두려고 아침부터 분주하게 움직인다.

앞뒤 베란다 문을 연 뒤, 문이란 문은 다 열어 환기시킨다. 옷장, 싱크대, 신발장까지. 그리고 세탁소에서 찾아온 옷들을 바람이 잘 통하는 창가에 널고, 한두 번 걸친 겉옷들도 햇볕에 바싹 소독해 준다.

서너 시간 후, 깨끗한 바람과 햇볕으로 소독된 옷들은 걷어 들이며 그 옷들을 코에 대고 숨을 들이마셔 본다. 햇볕 냄새를 맡는 것이다. 신혼 시절 일광 소독을 마친 이부자리에서 우연히 맡게 된 그 보송한 향기. 그 향에 나도 꾸둑꾸둑해진다.

오늘처럼 청명한 날이 무척 고맙다. 맑은 공기와 햇볕을 벗 삼아 습해진 집안과 내 마음까지 햇볕에 널어두고 싶다.

내일은 또다시 미세먼지의 습격을 받는 것이 아닐까. 밤마다 내일의 미세먼지 농도를 확인하는 내 가슴은 먼지가 꽉 차 있는 듯 답답하다.

　이젠 미세먼지, 초미세먼지라는 불청객 때문에 맑은 공기를 누릴 수 있는 혜택이 점점 줄고 있다. 이것들의 농도를 측정하기 시작한 것이 불과 몇 년이 안 되어 그 유해성 개념조차도 제대로 안 서 있을 때, 공기가 탁하다는 날엔 실외로 통하는 문만 열지 않고 할 일을 다 했다. 세탁된 빨래도 탁탁 털어서 널었고 부침, 구이 등의 요리도 해 먹었다. 청소기로 청소도 깨끗(?)하게 하고.
　지금 생각하니 아찔하다. 건강에 치명적일 수 있는 일들을 생각 없이 한 것이다. 밀폐된 상태에서 행했던 일들이 미세먼지 농도를 실외보다 몇 배나 더 치솟게 한다는 것을 간과한 것이었다.

　요사이 미세먼지 농도가 나쁠 때 대처하는 정보가 넘쳐난다. 그러나 잘 읽어보면 내용은 별다른 게 없다. 그냥 가만히 있으라는 거, 아무 일도 하지 말고 나가지도 말고 공기청정기와 마스크로 버티라는 거다. 조심하게 되어 눈곱만큼 건강을 챙기겠지만, 그 정보가 도리어 내 가슴을 옥죄어 온다. 미세먼지 농도가 나쁨으로 표시되는 날, 무기력함이 내 몸과 마음의 주인으로 들어앉아 차라리 그것에 둔감했을 때가 그리워지기까지 한다. 모르면 용감하다고.

나는 맑은 날을 좋아하지만, 앞으로는 비 오는 날로 바꿔야 할 것 같다. 세상에 쌓인 먼지들이 비로 씻겨나가 숨이나마 마음껏 쉴 수 있으니까.

인류가 만든 이 재앙, 창도 마음대로 열 수 없는 세상.

이 끔찍한 현실 앞에서 곁에 항상 있어 고마움을 못 느끼던 공기란 말도 바꿔야 할 때가 왔나 보다.

미처 미세먼지 농도를 확인 못 한 날, 학교에서 늦게 귀가한 둘째 딸에게

"오늘 초미세먼지가 많았다는데 마스크 못 챙겨줘서 미안."이라 하니

"날씨가 맑길래 심호흡도 하고 공기 많이 마셔가며 공부했는데."라고 했다. 더 해롭다는 초미세먼지는 날을 뿌옇게 만들지도 않는다.

맑은 공기는 언제까지나 우리에게 무료일 줄 알았다. 언제 어디서나 편히 숨을 들이마실 수 있고 언제든지 곁에서

3부 폭설

내 건강을 지켜줄 줄 알았다.

고마운 줄도 몰랐다.

유독가스와 매연을 마구 뿜어대며 살았다.

나무가 있던 자리에 건물을 들여놓았다. 편리함을 위해 자연을 마구 훼손한 우리가 이제는 자연으로부터의 역습에 꼼짝없이 당하고 있는 것이다.

앞으로 살아갈 날이 창창한 우리 아이들의 미래를 어찌면 좋을지.

지금 내가 할 수 있는 일은 아이들에게 마스크를 씌어주는 것뿐.

잃어버린 비늘 찾아

연향동의 가을은 온통 노랑이다. 거리마다 나란히 선 은행나무들, 그 아래 깔아놓은 노란 양탄자는 한 편의 영화 속 풍경이다. 그 풍경 속으로 발을 내디딜 때마다 은행잎들은 사각사각 깊어가는 가을을 이야기한다. 올려다본 하늘은 파란 물감을 부어놓은 듯 구름 한 점 없고 아낌없이 쏟아내는 햇살로 내 미간에 기분 좋은 세로 주름을 만들어 놓았다. 어두컴컴했던 집 안에서 나오니 밝은 기운이 온몸에 스며든다.

집안 베란다 창으로 비스듬히 들어오던 햇빛은 나를 따스하게 품어주기에는 부족했다. 무기력하게 점심도 거른 채 침대에서 뒤척이다 육체까지 파고드는 아픔을 느끼며 일어났다. 마음의 병이 몸까지 병들게 한다고 했던가. 두려움을 느끼며 머리카락을 모자에 대충 쓸어 넣고 무작정 아파트 1층으로 내려왔다.

햇살이 이미 다녀간 침침한 출입구를 지나자 눈부신 세상이 펼쳐졌다. 머리가 아파 며칠간 외출을 안 한 사이 세상은 진노랑으로 물들어 있었고 벽 하나를 사이에 두고 이렇게 다른 공간을 오갈 수 있다는 게 신기했다.

절정이 지난 은행잎들은 바람이 없는데도 간간이 하나, 둘 바닥으로 떨어지며 짧았던 생을 마감하려 했다. 가을마다 반복되는 일이건만 그 모습이 오늘따라 내 눈길을 붙잡았다. 그리고 그 일은 해쓱한 내 얼굴을 연향동의 가을처럼 만들었다.

이제 결심할 때가 왔다. 다짐이라도 하듯 은행나무를 바라본다. 다시는 나무를 타기 위해 아슬한 곡예는 하지 않으리라.

나는 물속에서라야 유영하며 먹이도 얻고 자유로울 수 있는 물고기로 태어났다. 물 밖에서는 살아갈 수 없는. 하지만 땅에서 다람쥐로 살아가는 이들은 내가 자신들처럼 나무도 잘 타길 바랐다. 내가 제일 잘하는 것은 헤엄치기인데 나무를 타라고 했다. 숨 막히는 나무에서 나의 비늘에 생채기를 내가며 오르려고 버둥대지만, 손도 발도 없는 나는 결국 떨어지고 만다. 그러면 그들은 그까짓 것도 못한다고 뒤에서 수군댄다. 나는 물 밖에 나오면 숨조차 쉴 수 없는데 무엇이 힘드냐고 한다.

성인이 된 후, 주위에서 원하는 대로 나무에 오르기 위해 안간힘을 썼다. 몸의 비늘이 벗겨져 상처가 생겨도 '노력하면 다람쥐가 될 수 있다.'는 말을 믿고. 하지만 그 결과 다람쥐도 물고기도 아닌 흉측한 모습으로 변해갔을 뿐. 매끄럽던 은빛 비늘은 군데군데 뜯겨 갔고 나무에 매달리려고 용을 쓰던 지느러미는 손도 아닌 이상한 모양으로 변해버렸다.

육지에서 바다로 되돌아간 고래 이야기를 아는가. 중력 때문에 걷기 힘들었던 이 땅 대신 물의 힘으로 둥둥 떠서 살아갈 수 있는 깊고 푸른 바다로 육지를 버리고 돌아갔다는 이야기를. 나는 고래가 되고 싶었다.

빛나는 은빛 비늘을 가졌던 시절로 돌아갈 수는 없지만, 이제라도 잃었던 비늘을 찾아내어 제 자리에 하나하나 맞춰 주고 싶다.

사람이 죽음 가까이 왔을 때 가장 후회하는 것이 인생을 자신의 뜻대로 살지 못한 일이라고 한다. 남의 이목 때문에 이리저리 끌려다니며 제대로 뜻 한 번 펼쳐보지 못하고 죽는 것이라고. 나를 옥죄는 가지들을 자르고 스스로 날아오르는 방법을 찾아야 한다고 내 가슴은 외치고 있다.

나무꾼 남편이 감춰 놓은 내 날개옷. 날개가 너무 크고 화려해 숨겨 놓아도 날개가 언제나 삐죽 나와 있던.

내 몸에 비늘을 다 맞추는 날, 그 옷을 입고 멋지게 날아오르고 싶다. 그러나 그 날개옷이 지금의 내 몸에 맞을는지. 불어버린 나를 감당할 수나 있을는지…

맞지 않는 날개옷에 몸을 구겨 넣어야 힐 중년 여인, 그녀는 또다시 나무에 오른다.

109

3부 폭설

폭설

　시계를 보니 새벽 2시, 커튼을 내렸는데도 밖은 여전히 환하다. 잠들기 전까지는 거리에서 눈싸움을 하는지 시끌시끌했었다.

　눈은 계속 내리고 있다. 이곳에선 보기 드문 일로 40년 만의 폭설이란다. 커튼도 이기지 못하는 하얀 눈송이들의 빛 반사가 잠을 설치게 했다.

　'맞아, 눈이 많이 오던 밤은 대낮같이 환했어.' 눈이 많던 곳에 살 때의 기억이 떠올랐다.

　동지라 아침 8시가 되어서야 동이 텄다. 얼른 일어나 핸드폰을 쥐고 베란다로 나가 창을 활짝 열었다. 눈이 오는 날은 거지가 빨래하는 날이라더니 알싸한 바람이 코끝을 스칠 뿐 그리 춥지는 않다. 겨울 평균이 영하 10도 정도인 곳에서 살면서 단련되어 상대적으로 추위를 덜 느끼는 것인지 모른다. 이곳으로 이사 온 후, 영하 1도만 되어도 모피를 꺼내 입는 사람들이 신기했고, 눈이 조금 내린 날 등 굣길 여기저기서 사고가 나, 길이 막혔다는 딸아이의 말도 재밌다.

함박눈이 여전히 소담스럽게 내리고 있고, 14층에서 내려다본 풍경은 꿈인 듯 비현실적인 모습으로 낯설기까지 하다. 성냥갑 같은 자동차들이 하얀 이불을 덮고 있고 지상의 모든 것이 하얀 잠에서 헤어 나오지 못하고 있다.

옆 아파트 단지에서 아이들의 즐거운 비명이 들린다. 눈을 뭉쳐 던지며 웃고 떠든다. 난생처음 보는 큰 눈이라 무척이나 흥분한 것 같다. 강아지처럼 뛰어다니며 좋아하는 소리에 나도 덩달아 행복해진다. 놀이터에서 사라져 가던 아이들의 재잘대는 소리가 함박눈으로 다시 찾아온 아침이다.

나는 이 순간이 못내 아쉬워 닥치는 대로 카메라 셔터를 눌렀다.

가뭄에 콩 나듯 내리면서 첫사랑의 순간처럼 금방 사라져버리는 눈. 흩날리는 눈송이를 보러 나갈 채비를 하고 나오는 사이에 흔적도 없이 녹아버린 눈이 얼마나 야속했던지.

내리는 눈보다 소복이 쌓인 눈을 보는 것이 귀하디귀한 곳. 겨우내 골목 한 귀퉁이엔 항상 눈이 쌓여있던 서울과는 비교도 안 되는 따뜻함이, 눈에 대한 예의를 앗아가버린 곳.

어제부터 멈추지 않고 쌓이는 함박눈을 보고 외출 준비를 했다. '오늘은 새하얗게 물든 갈대숲을 볼 수 있을 거야.'

빙판길로 변한 도로에 눈이 여전히 내리고 있지만, 이 절호의 기회를 놓칠 수는 없다. 지금 아니면 앞으로 다시 볼 수 없을지 모른다. 방송에서는 외출을 삼가라지만 어디서 이런 용기가 나는지.

드디어 출발. 두텁게 쌓인 눈들이 도시의 풍경을 바꿔 놓았다. 모든 것을 하얗게 물들여 은빛 세상이 되어있었다.
엉금엉금 기다시피 해서 도착한 갈대 습지는 예상외로 한적하다. 눈을 맞으며 갈대숲으로 빠르게 움직였다. 함박눈과 어우러질 은빛 갈대숲을 상상만 해도 가슴이 벅찼다. 드디어 갈대가 끝없이 펼쳐진 곳에 다다랐다.
그러나…
기대가 크면 실망도 크다 했나. 아무리 둘러봐도 은백의 갈대숲은 없다. 하늘에선 눈을 계속 퍼붓고 있는데도 갈대는 여전히 갈색이다. 군데군데만 희끗희끗할 뿐, 순백의 숲이 아니다. 눈앞의 상황을 이해할 수 없다.

갈대에 다가가 자세히 들여다보았다. 갈대는 겨울바람에 중심을 못 잡고 계속 흔들리고 있다. 흔들리는 갈대의 배신이다. 바람이 부는 대로 이리저리 너울거리는 가지에 눈이 내려앉는다는 건, 고난도의 기술을 요구하는 것이다. 간간이 '너를 위해 준비했어'라고 말하듯 갈대 머리에 흰 모자처럼 애처롭게 앉아있는 것들은 바람이 불면 맥없이 흩어져 버릴 슬픔이다. 사진작가들의 작품 중 순백의 갈대 숲을 볼 수 없던 이유를 이제야 알겠다.

순천만의 은빛 갈대숲을 보는 것이 버킷리스트 중의 하나였으나 이 정도에서 만족하기로 했다. 그래도 손이 얼어가는 것을 견디며 이 모습들을 카메라에 담았다. 아마도 오늘이 내가 볼 수 있는 갈대숲 설경의 최대치일 것 같다.

세상의 일들은 종종 예상을 뒤집어 버린다.

잘 될 것으로 믿었던 것들이 온다 간다 인사도 없이 발을 빼기도 하지만 그래도 나는 조용히 노래한다.

눈이 조금만 더 내린다면 은백색의 갈대숲을 볼 수 있을 것이란 해묵은 바람이 있었다. 하지만 이젠 폭설을 눈 폭풍으로 소망하며 하얀 갈대의 세상을 기다려 보련다.

이 예상은 맞을 수 있을까?

책을 듣다

"어서 차라리 어둬 버리기나 했으면 좋겠는데, 벽촌의 여름날은 지리해서 죽겠을 만치 길다. 동에 팔봉산, 곡선은 왜 저리도 굴곡이 없이 단조로운고? 서를 보아도 벌판, 남을 보아도 벌판, 북을 보아도 벌판, 아 이 벌판은 어쩌자고 이렇게 한이 없이 늘어 놓였을고? 어쩌자고 저렇게까지 똑같이 초록색 하나로 되어 먹었노? …중략…. 어제 보던 대싸리나무, 오늘도 보는 김 서방, 내일도 보아야 할 흰둥이, 검둥이…"

유튜브에서, '이상'의 수필 「권태」를 읽어주는 여자의 낮은 목소리가 집안에 가득하다. 시어머니가 보내주신 마늘을 다듬으며 그녀의 차분한 목소리에 귀를 기울인다. 어쩌면 이렇게 권태스럽게 쓸 수 있는 건지, 그것도 건축학도였던 이가.

듣고 있자니 복효근 시인의 작품처럼 내 영역을 표시하기 위한 것도 아닌, 마늘을 까기 위한 반복적인 손놀림에

116

구름 속의 나날

권태가 밀려왔다. 나는 작품 속 지루한 벽촌에 앉아 마늘을 까고 있었다. 내가 그토록 좋아하던 초록이 순식간에 단조로움으로, 너른 벌판을 보며 느꼈던 시원함이 답답함으로 변하는 순간이었다. 나는 어느덧 이상이 되어있었다.

나잇값으로 눈에 원시가 찾아온 후, 돋보기는 나의 필수품이 되었다. 돋보기 없이는 글을 제대로 쓸 수도, 읽을 수도 없다. 그러나 그것도 한 시간 이상 쓰면 눈이 따갑고 어지러워진다. 하지만 모든 일에는 양면이 있듯이 집안에 쌓인 먼지들이 잘 안 보이니 청소에 대한 부담은 줄어들었다. 그러나 이도 작은 위로만 줄 뿐이다.

뒤늦게 생긴 문학에 대한 관심은 '늦었다고 생각할 때가 진짜 늦은 것이다'라는 우스갯소리도 나를 웃지 못하게 만들었다.

어느 날, 관심 있던 철학 강의를 찾아보다가 책 읽어주는 유튜버가 있다는 것을 알게 되었다. 뛸 듯이 기뻤다. 읽고 싶은 책은 많은데 시력은 점점 약해지던 때, 그것은 내겐 천군만마와도 같은 기적이었다. 그들은 원본 그대로, 장편은 20회로 나누어 한 시간씩 낭독해주기도 했다. 놓친 부분은 재생해 듣고 아쉬운 부분은 책을 펼치기도 하며 들을 수도 있다. 이렇게 생활의 활력은 다시 나를 찾아주었다.

물론 책으로 읽는 것이 최선의 방법이지만, 그간 어려워 놓친 고전과 이상하게 손이 안 가던 책은 듣는 것으로 다시 접할 수도 있다. 들어도 그 문장들의 묘미는 잘 전해진다.

내가 자주 찾는 플랫폼에는 인문학적 교양을 쌓기 위한 강의들, 철학적 깊이가 부족한 사람들을 위해 쉽게 풀어 놓은 철학 이야기, 건강에 관심이 많은 이들을 위한 건강 지침, 집에서 간단히 할 수 있는 운동 방법 등 없는 것이 없다. 선택의 문제만이 있을 뿐. 집에 있는 시간이 많은 나는 이런 유익한 정보들과 함께한다. 청소도 함께, 요리도 함께. 귀는 계속 열어 놓으며.

다양한 채널 중 책 읽어주는 코너를 제일 선호하는 나는 시간 날 때마다 문학 작품 속의 주인공이 되어 살아가는 재미에 푹 빠져 산다.

첫눈이라도 올 듯 흐린 날, 유튜브에서 프랑수아즈 사강의 『슬픔이여 안녕』을 다시 찾는다.

"나를 줄곧 떠나지 않는 갑갑함과 아릿함, 이 낯선 감정에 나는 망설이다가 슬픔이라는 아름답고도 묵직한 이름을 붙인다. 이 감정이 어찌나 압도적이고 자기중심적인지 내가 줄곧 슬픔을 괜찮은 것으로 여겨왔다는 사실이…"

열일곱 살 세실은 또 나를 반겨준다.

도시락 풍경

잘 씻어 말린 크고 작은 네모진 밀폐 용기 두 개를 꺼낸다. 용기 가운데에 금방 지은 밥을 약간 식혀 담고 양옆의 공간에 버섯 양파 볶음, 떡갈비 구운 것, 호박 새우젓 볶음 그리고 기본 반찬인 김치를 담아 두 개의 도시락이 완성되었다. 커피도 보온병에 담았다.

준비한 도시락을 들고 퇴근한 남편의 차를 탄다. 전망좋은 곳으로 가서 도시락을 먹고 운동이나 산책을 하고 집으로 돌아온다. 이것이 요즈음 몇 달간 일주일에 두세차례, 우리 부부의 저녁 풍경이다.

나는 음식을 만드는 것에 특출하지 않다. 손이 느려 몇시간씩 음식 준비를 하는데, 먹어치우는 것은 그야말로 순식간인 것을 보면 덧없다는 생각도 든다.

그런 내가 음식 솜씨가 좋은 시어머니가 계신 곳으로 시집을 왔다. 시집온 첫해부터 명절 때마다 장만하는 음식

규모에 놀랐고, 그 음식을 전부 먹어치우는 시댁 식구들의 식성에 한 번 더 놀랐다. 짧은 시간에 뚝딱뚝딱 음식을 감칠맛 나게 만들어 내는 시어머니가 부러웠고, 모든 음식을 집에서 다 만들어 내는 시어머니의 체력에 불안하기도 했다. 그러니 시어머니께서 맏며느리인 내가 마음에 들었을 리가 만무하지 않겠는가. 손도 느리고 체력도 약해 곰솥도 시어머니가 들어줘야 하고, 거기다가 음식의 간도 싱겁게 해서 내가 만든 음식이 하나도 마음에 들지 않았을 것이다. 그렇게 이렇게 서로 적응해가며 25년이란 시간이 흘렀다.

문제는 남편의 습관이다. 싱거운 음식에는 어느 정도 익숙해져 있는데, 한 번 상에 올랐던 반찬에 다시 젓가락을 대지 않는 버릇은 좀처럼 고쳐지지 않는다. 밑반찬이 없이 그때그때 매일 새로운 음식을 만들었던 시어머니 덕(?)을 내가 톡톡히 보고 있다. 기본 밑반찬은 항상 준비되어 있던 친정과는 다르게 나는 밑반찬은 아예 하지 않고 매일 새 반찬을 장만해야 했다. 결혼과 동시에 반찬 때문에 고되게 스트레스를 받았다.

그러던 어느 날, 도시락을 싸서 야외에서 맛나게 먹던 생각이 났다. 바깥에서 도시락을 먹으면 김치만 가지고도 맛있게 먹었던 기억을 떠올린 것이다. 밥을 꼭 식탁에서만 먹으란 법도 없지 않은가. 어디서 먹든 즐겁게 먹으면 건강에 도움이 될 테니까. 그래서 도시락을 싸서 야외에서 저녁 식사를 실행해 보았는데 결과는 대만족이었다.

집에서는 반찬 몇 가지에 국이나 찌개를 끓여 식탁을 차려도 먹을 게 없어 보이고 초라해 보이기 십상이다. 하지만 도시락은 다르다. 어제 먹던 반찬도 슬쩍 끼워 넣고, 반찬이 부족하다 싶으면 달걀 프라이를 해서 밥 위에 얹는다. 그러면 일단 푸짐하고 먹음직스러워진다. 그 도시락을 남편은 와구와구 맛나게 먹으며

"당신 도시락 장사해도 되겠어." 한다.

이 남자는 왜 그렇게 달걀만 보면 마음이 한없이 너그러워지는지 우스울 때도 있다. 국이 없어도 맛있게 먹고, 특히 남편은 음식을 남기는 성격이 아니기 때문에 선택의 여지가 없이 도시락의 반찬을 깨끗이 비워낸다. 반찬도 낭비하지 않게 되니 그야말로 꿩 먹고 알 먹고인 것이다.

오늘은 집 안 대청소를 했더니 저녁 식사 준비 시간이 부족하다. 이럴 때야말로 도시락이 빛을 발한다. 도시락을 준비하고 디저트로 참외를 예쁘게 손질해 용기에 담고 거기에 커피까지 챙겨 넣는다.

"아이고, 달걀 부치느라 힘들었네."

이런 엄살에 남편은 "울 마누님, 수고했어."라고 하며 달걀을 걷어내면 앙증맞게 웃고 있을 어제의 반찬들을 보고도 모르는 척, 나에게 속아줄 것이다.

그래도 사랑을 기다리며

친구에게서 전화가 왔다. 이런저런 이야기를 하다가 친구 딸아이의 실연한 이야기가 나왔다. 유독 딸아이와 다정한 친구라 딸의 건강까지 걱정하며 가슴 아파했다.

나는 "시간이 약이지, 좀 지나면 괜찮아질 거야."라는 진부한 말만 전할 뿐, 다른 뾰족한 말이 떠오르지 않았다. 사실, 실연한 당사자에게는 어떤 말도 위로가 되지 않는다. 어차피 사랑은 언젠가 잃을 수밖에 없고, 실연의 아픔도 본인이 감당할 몫이다.

사랑이란 시작할 때가 가장 행복하다는 말이 있다. 그 짧은 시간 동안 자신이 이 세상의 주인공이 된다. 아니 자신을 주인공으로 만들어 주는 사람을 만난다. 하지만 그 행복한 시간이 지나면 조연으로 밀려나는 순간도 따라온다.

돈과 시간, 몸과 마음을 몽땅 쏟아부어 시작할 때의 설렘과 잠깐의 행복이 지나고 나면 회복하기 어려운 고통이 남는 것이다. 불면증, 식욕 저하나 폭식, 정서 불안 같은 증상이 생기기도 하는데, 이런 심각한 정신적 스트레스가 실제로 심장에 물리적 손상을 주는 경우도 있다고 한다. 이것을 '상심 증후군'이라고 하며 보통 4개월에서 6개월이 지나야 그 고통에서 벗어나든가 새로운 사랑을 다시 시작할 수 있다. 이처럼 실연이 건강에 해롭다는 것은 분명하다.

그런데 이렇게 아픈 사랑을 사람들은 왜 반복하는 것일까?

사랑을 하지 않는다면 아픔도 그만큼 없는 인생을 살아갈 수 있을 텐데 말이다.

우리 집에도 한창 재미있을 나이의 딸이 있다. 대학생 큰애이다. 아직 연애 소식이 들려오지 않아 은근히 기다리게 되고, '혹시' 하는 마음도 든다. 그러나 남편은 나와는 정반대 생각을 한다. 연애는 나중에 더 나이 먹고 하라고, 공부해야 할 학생이 무슨 연애냐고. 하지만 나는 그의 속마음을 안다. 공부는 핑계일 뿐, 금쪽같은 딸아이를 그냥 두고 보고 싶은 것이다. 갑자기 누가 '훅' 데려가 버릴까 불안한 것이다. 사랑은 자신이 의도하지 않아도 찾아오는 것인 줄 알면서도 연애를 하지 말라는 남편이 측은할 뿐이다.

딸의 결혼식에서 눈물짓는 아빠들이 많다던데, 우리 집도 예외는 아닐 것 같다.

예전에는 딸들이 연애 한 번 안 하고 얌전히 있다가 결혼하기를 바라는 부모가 많았다. 하지만 경험도 없이 자기와 맞는 상대를 어떻게 알아볼 수 있을까. 사람은 겪어 보아야 알 수 있다. 사귀며 다투기도 해봐야 하고 어떤 사고를 하는 사람인가도 알아야 한다.

둘만의 시간에만 집중하지 말고 모임에도 어울려 가며 다른 이들의 평판도 들어봐야 한다. 요즘 젊은이들은 결혼할 사이가 아니어도 서로의 집에 자유롭게 드나들어 상대방이 어떻게 살아왔는지, 부모님들은 어떤 분들인지 알기도 한다.

그리고 사랑에서 빠질 수 없는 중요한 부분이 있다. 그것은 성적 결합 문제이다. 자유분방한 사고와 성적인 자극에 많이 노출된 요즘의 젊은 세대는 성을 가볍게 인식하기 쉽다. 본인들이 고민하고 선택할 문제지만 그것에 얽매이는 순간 상대를 바로보기 힘들기 때문에 되도록 피하는 것이 좋다고 생각한다.

그리고 그것은 책임이 꼭 따르는 일이라고 짚어 주고 싶다. 성을 가볍게 생각하면 본인의 인생이 의도치 않던 방향으로 흘러갈 수 있기 때문이다.

연애는 젊은 시절의 특권이다. 그때의 기억이 감성적 자산이 되어 삶의 비타민이 되어 주기도 한다. 나이가 들수록 감수성이 무뎌지고, 현실적인 사고를 하므로 아름다운 사랑을 할 가능성도 작아진다. 그러니 그 좋은 시절의 사랑은 인생의 중요한 요소 중 하나이다.

사랑 안에는 인생의 '희로애락'이 들어있어 무엇인가 꼭 배우게 된다. 그래서 한층 더 성숙해진다. 사랑에의 다양한 경험이 이성관을 지혜롭게 만들고 그럴수록 자신에게 잘 맞는 상대를 찾을 가능성도 크다.

실연의 상처가 아무리 아프고 건강에 나쁜 영향을 미친다 해도 사랑은 찾아온다. 또한 그 사랑으로 인해 아픈 만큼 성숙하게 된다.

내 딸아이가 사랑을 시작한다면 온 마음을 다해 축하해 줄 것이다. 꽃길에서는 맨발로 그 길을 즐기는 방법을, 가시밭길에서는 찔려 생긴 상처가 잘 아물게 하는 지혜를 스스로 깨달아 가며 더 단단해질 테니까.

딸아이와 사랑을 나누게 될 그 아이는 지금 어디에 있을까. 내가 연애를 시작하는 것 같이 가슴이 뛴다. 사랑을 기다리는 중년의 여자가 여기에 있다.

3부 폭설

128

구름 속의 나날

자연의 마법

이건 비밀이다. 내가 행복해지는 비밀.

차를 타고 시내를 벗어나 초록의 향연이 시작되면 가져간 다크 초콜릿을 한 입 깨물고 뜨거운 블랙커피를 마신다. 진한 초콜릿이 뜨겁고 향기로운 커피에 녹아드는 맛은 짜릿하다. 도심에서 멀어질수록 더욱 진해지는 차창 밖 자연의 신비로움을 보며 그에 걸맞은 음악까지 듣는다면 금상첨화.

이곳이 고향인 사람들에게는 일상적인 자연이 나에게로 오는 순간 특별해진다. 마치 나를 공주로 만들어 주기 위해 기다렸다는 듯, 가슴에 행복의 왕관을 씌워준다.

올해로 순천에서의 세 번째 봄을 맞았다.

빨간 동백, 월등 마을을 덮은 하얀 매화, 산수유가 노란 눈빛으로 그윽하게 나를 바라보는 곳. 이 꽃들은 순천에 내려와 살며 제대로 보게 되었고, 그 모습에 마음을 빼앗겨 꽃피는 계절이 오면 꽃들을 찾아다니게 되었다. 서울에 서는 구경할 수 없던 이름도 생소한 꽃들이 지천으로 피어있는 곳, 순천.

지난주에 남편과 월등의 매화꽃을 보러 갔다가 집으로 오는 길은 내가 좋아하는 상사호 쪽으로 돌아서 왔다. 지난가을의 운치 있던 은행나무들이 이번 가을을 기대하라는 듯 꼿꼿하게 도열해 있었고, 벚나무들은 꽃망울을 피우려 꿈틀거렸다.

드디어 얼마 후면 상사호의 벚꽃 가로수 길을 달릴 수 있다. 호수의 잔잔한 물결과 어우러져 숨 막힐 듯 이어질 하얀 벚꽃 터널을 생각하니 벌써 그 속에 갇힌 듯 가슴이 벅차올랐다. 차창 밖 맞은편 언덕 위 진달래들도 꽃 잔치의 서막을 준비하듯 바쁘게 움직이고 있다.

차로 몇 분만 나오면 이런 즐거움을 누릴 수 있어 시간이 나면 우리는 초록을 찾아 나선다.

이곳으로 이사 오기 전, 어쩌다 휴일에 드라이브라도 할 때면 별말 없이 밋밋하게 앞만 보고 갔다. 어디를 가도 많은 차로 주차장이 되는 도로를 보면 슬슬 짜증이 나기 시작하고 괜스레 시비도 건다. 즐겁자고 나온 드라이브가 또 엉망이 되기 시작하는 것이다. 그것을 알면서도 혹시나

하는 마음으로 이 일을 반복하며 지낸 것은 그만큼 자연에 대한 갈증이 컸기 때문이다. 차창으로 보이는 회색 도시의 잿빛 우울에 또다시 침범당하는 순간이다.

그러나 요즘은 십 분 정도만 나가도 보이는 초록빛이 마음을 둥실 띄워주어 삶에 지친 우리를 위로해 준다. 이렇듯 기분이 좋아져 울퉁불퉁 생긴 남편이 가끔은 매끈해 보이기도 한다. 신비한 자연의 마법에 걸려들기라도 한 것처럼.

살아 숨 쉬는 자연을 보며 나는 감탄하느라 입이 쉴 새가 없다. 입을 꼭 다물고 아름다운 길을 그냥 지나친다는 것은 자연에 대한 예의가 아니니까.

얼마 전까지만 해도

"사진 찍어야지. 정말 멋져."라고 하면

"사진 찍어 뭘 해. 사진은 마음으로 찍는 거야."

라며 나를 김빠지게 하던 그가 오늘은 먼저 차창을 열고

"바람 냄새 좋은데."

하며 눈을 살짝 감고 향긋한 꽃바람에 취하고 있었다.

'이 남자가 웬일이야.'

모르는 척 나는 차창 밖 경치를 보며 피식 웃는다.

나는 이 남자의 속마음을 안다. 좋아도 좋다는 표현을 못 하는 성격이라 이제껏 잘 견뎌왔지만, 그날의 눈부신 아름다움 앞에서는 도저히 참을 수 없던 것이다.

'아침에 베이컨 굽는 냄새에 잠을 깨고 싶다'던, 나름 감성이 풍부한 문학 소년이었다던 남편의 예전 모습이 떠올랐다. 삶이라는 것이 얼마나 고단하면 이런 감정들을 잊고 살았을까.

순간 나는 잃었던 기억을 되찾은 사람처럼 그의 옆모습을 바라보았다. 자연이 내게 준 또 하나의 선물이었다. 풍광이 수려하고 느림의 미학을 일깨워 준 순천이 준 선물. 회색빛 도시에서 잃어버린 우리를 다시 찾게 해 준 이곳.

"저 물빛 좀 봐."

나는 연신 신이 나서 찰칵찰칵 셔터를 눌러 댄다.

"당신은 지치지도 않는구나. 나 초콜릿 좋아하지 않는데, 블랙커피와 먹으니 괜찮은데."

하고 남편은 내 손에 쥐고 있던 초콜릿을 뺏어 입에 털어 넣는다.

결혼할 때 공주처럼 대해 준다고 해놓고 요즘은

"그 공주병을 고쳐주겠어."

라고 협박하는 남자. 하지만 자연 속에선 너무나도 쉽게 공주가 되는 여자와 사는 남자.

이 남자와 내가 자연 속으로 들어가는 순간 우리는 마법에 걸려든다. 또 다른 내가 기다리고 있는 곳, 오늘도 자연은 말을 걸어온다.

사라져 가는 것들에 대하여

가끔, 아이들이 쓰던 방에 들어가 2층 침대에 누워본다. 두 딸 모두 타지에 있기 때문에 주인을 잃어버린 침대이다. 아이들은 침대에서 배어 나오는 진한 나무 향을 좋아하였다. 그 침대가 아직도 제자리를 지키고 있다.

눈을 감고 그때의 향기를 떠올려본다. 그러나 그것은 아이들과 함께 사라져 버린 지 오래, 그 향긋함은 기억 속에만 남아있다.

이번엔 방에서 잘 들리던 소리에 귀 기울여본다. 그런데 집중해도 고대하던 소리는 들리지 않고 포클레인 소리만 요란하다.

궁금한 마음에 베란다로 나가 내려다본 바깥 풍경은 충격적이다. 아이들 놀이터 자리가 아스팔트로 메워지고 있었고, 놀이기구와 흙의 흔적은 찾을 수가 없었다. 부족한 주차장을 확보하기 위함인 줄은 알겠지만, 어른들의 편리가 아이들의 꿈자리를 빼앗아버린 것이다.

여름날, 이 침대에 누워있으면 저 아래 놀이터에서 아이들의 즐거운 재잘거림이 들렸다. 그 소리는 소음이 아닌 행복이었다. 울기도, 웃기도, 다투기도 하는 소리는 내 어린 시절이기도, 내 아이들의 목소리이기도 했다. 나는 그 평화로움에 빠져 스르르 잠이 들기도 했다. 그러나 이젠 더 이상 들을 수 없다는 생각이 드니 알 수 없는 쓸쓸함이 밀려온다.

아이들은 줄어 가고 자동차만 늘어 가는 현실이 머리로는 이해되지만 차 몇 대를 위해 아이들의 놀이터를 포클레인으로 밀어버리는 어른들의 심사가 밉기만 하다.

나뭇잎 사이로 햇빛이 쏟아지던 날, 놀이터 벤치에 앉아 집에서 준비해온 커피를 마시며 엄마들이 더 즐겁던 그날.

"괜찮아."

엄마의 말 한마디에 손등으로 눈물을 닦으며 다시 미끄럼틀로 달려가던 아이들. 아이들의 땀방울과 엄마들의 수다스러운 웃음소리가 하모니를 이루던 그날의 오후가 저 멀찍이 달아나고 있다.

진회색으로 변해 버린 주차장.
이곳에서 노래 부르던 아이들은 다 어디로 갔을까.

술래잡기 고무줄놀이
말뚝박기 망까기 말타기
놀다 보면 하루는 너무나 짧아
아침에 눈 뜨면 마을 앞 공터에 모여
매일 만나는 친구들
...
좁은 골목길 나지막한 뒷산 언덕도
매일 새로운 그 놀이터
...

마빡이 마빡이 하며 장난스레 따라 부르던 〈보물〉이란
노래가 메아리쳐 간다.
마을 앞 공터도, 좁은 골목길도 자동차가 점령해 버린 세상.

꿈처럼 머물다 사라져 버린 것들.

구름 속의 나날

4부

구론산

그네를 타며

땅바닥을 발로 힘껏 찼다. 그네가 움직이기 시작한다. 다리를 쭉 폈다가 구부리니 바람을 가르며 더 높이 날아오른다. 한 번 움직이기 시작한 그네는 멈추지 않았고, 그 평화로운 흔들림에 나는 살며시 눈을 감았다. 여름의 끝자락을 들이마시며.

나긋나긋한 그넷줄에 머리를 기대고 하늘을 바라본다. 아기 손바닥 같은 나뭇잎 사이로 들어온 하늘. 더 세게 발돋움하면 그곳에 갈 수 있을까.

향단아 그넷줄을 밀어라.
머언 바다로
배를 내서 밀듯이,
향단아…

서정주 시인의 '추천사'에 나오는 춘향이가 되어 향단이를 불러본다. 산호도 섬도 없는 하늘로 밀어 올려 달라고. 바람이 파도를 밀어 올리듯.

내가 '그네'라는 것을 제대로 알게 된 건 10살 때였다.

외삼촌 댁이 사직공원 근처여서 외사촌 원희와 자주 공원에 놀러 갔다. 그 애는 공원 놀이터에 그네가 비어 있으면 무조건 달려가서 탔다. 동갑이었지만 나보다 덩치도 크고 다부진 여자아이였다. 그네 탈 때도 앞뒤로 반원이 그려 질 정도로 높이 올라가는 아이라, 옆에서 그것을 보는 나는 그녀가 떨어질까 봐 가슴을 졸이기도 했다.

"혜승아, 이리 와. 같이 타자. 태워줄게."

호기심 반, 두려움 반으로 그녀가 타고 있는 그네로 갔다. 한 개의 그네에 나는 앉고, 그 애는 마주 보고 섰다.

"이제 간~다."

예쁜 미소를 지으며 소녀는 신이 난 듯 다리를 구부렸다 펴기를 반복하여 천천히 그네를 움직이기 시작했다. 나는 처음 느끼는 속도감과 바람에 날리는 머리카락에 신이 났지만, 그 순간도 잠시, 원희의 몸은 하늘과 점점 가까워지고 있었고 나도 새가 되어버린 기분이었다. 갑자기 눈앞이 깜깜해지는 공포가 밀려들었고 눈에선 눈물이, 목에선 외마디 비명이 나왔다.

그러나 그 아이는 "살살 타자!"는 내 간절한 말도 무시한 채 점점 더 높은 곳을 향해 가고 있었다. 기어이 나는 큰 소리로 엉엉 울기 시작했고 그 소리에 놀란 억척쟁이는 서서히 그네를 멈췄다. 나는 떨리는 다리를 부여잡고 한동안 앉아 울음을 멈춘 후 퉁퉁 부은 눈으로 돌아와야 했다. 이렇게 내 어린 시절의 그네는 극심한 공포의 상징이었다.

세월이 흘러 나는 두 아이의 엄마가 되었다. 돌이켜 생각해 볼 때 참으로 후회스러운 일은 딸들이 초등학생일 때도 마음껏 뛰놀게 하지 못한 점이다. 그때의 나는 타이거 맘으로, 아이들에게 엄격하게 대했다. 무슨 일정이 그렇게 많은지 그것들을 다 소화해야 한다고 생각했던 것 같다.

왜 그렇게 앞만 보며 바쁘게, 급하게 몰아쳤는지 모르겠다. 엄마 노릇이 처음이기에 그렇게 하는 것이 옳은 줄 알았다. 초등학생 때 안 놀면 도대체 언제 그렇게 할 수 있나. 그나마 아이들에게 자유 시간을 주는 것은 가끔 놀이터에서 그네와 시간을 보내는 것이었다. 나는 아이 둘을 앉혀 놓고 번갈아 힘껏 밀어주었다. 까르르 웃으며 즐거워하는 아이들을 보며 안쓰러워했던 마음이 아직도 선명하다. 그것은 그 아이들에게 작은 자유였으리라. 나뭇잎 사이로 쏟아지는 햇빛과 푸른 하늘로 발돋움할 수 있었던 그 남루한 자유.

　언제였던가 딸들이 중학생 무렵이었던 것 같다.

　늦은 밤 아파트 구석진 곳에 있는 그네가 조금씩 움직이고 있었다. 가까이 가보니 고등학생으로 보이는 소녀가 그네에 앉아 칠흑 같은 밤하늘을 물끄러미 바라보고 있었다. 삶의 무게를 담은 책가방을 어깨에 지고 그넷줄에 머리를 기댄 채. 그 까만 하늘에서 앞이 안 보이는 고통을 본 것일까. 지친 몸과 마음을 달래듯 한동안 가만히 있었다. 밤이 깊어가는 것도 모르고.

　입시지옥이라는 버거운 현실을 피해 갈 수 없는 곧 닥칠 우리 아이들의 자화상 같아 그날의 그네는 밤새 나를 뒤척이게 했다.

　어느덧 대학생이 된 딸들, 아이들이 집에 내려오면 우리 가족은 야간 드라이브를 한다. 상사호를 한 바퀴 돌고 오다가 휴게소로 향한다. 그곳에 언제부터인가 가족용 그네 두 개가 생겼기 때문이다. 호수가 마주 보이는 곳에. 요즘 내가 좋아하는 아지트다. 사람들이 붐빌 때 가면 그네는 내 차지가 안 된다. 그래서 늦은 밤, 저녁을 먹고 설거지까지 마친 후가 좋다.

주차를 시키고 조명 사이로 멀리 보이는 그네를 본다. 흔들리지 않고 있다면 속도를 내 걷는다. 세 명 정도 앉으면 딱 맞다. 아이 둘을 양옆에 앉히고 등받이가 있는 편한 그네에 깊숙이 들어앉는다. 아이들의 건강한 다리로 끌어 올리는 그네에 몸과 마음을 맡긴 채 나는 까만 하늘을 하얗게 수놓은 별들을 헤아린다. 별치기 소녀가 되어 보는 것이다.

한창 중국어에 빠져있는 옆 의자의 남편 핸드폰에서 등려군의 노래 〈월양대표아적심(月亮代表我的心)〉이 흘러나온다. "당신을 얼마나 사랑하냐고 물으신다면 달빛이 내 마음을 대신 말해줄 것"이라는 아름다운 가사와 멜로디의 노래가…

나의 그네는 어린 시절에는 공포의 대상으로, 젊은 엄마로서는 안쓰러움으로 다가온다. 지금 중년의 아줌마에게 그네는 평화로운 안식, 휴식 같은 친구이다.

마음이 시끄러운 날, 집 앞 공원 그네의 마법에 빠진다. 요람 속의 아기가 되듯, 가볍게 흔들어 재우던 엄마의 손길을 그리듯.

4부 구론산

모자를 쓴 남자

　파란 모자를 쓴, 모자가 조금 어색한 그가 큰애와 앞에서 천천히 걸어가고 있다. 주머니에 손을 넣고 머리를 숙인 채 그들의 발꿈치를 보며 나도 한 걸음씩 따라 걷는다.

　오늘 예정에도 없던 여수에 왔다. 굴곡진 해안선의 무심한 풍경을 따라서. 차에서 내려 조금 걸으니 거북선 모형이 보이고 저 멀리에는 케이블카가 천천히 움직이고 있다.

　용 모양의 야트막한 전망대에 올랐다. 차가운 겨울 바다에 정박한 헐벗은 배들, 눈 시리게 파란 하늘이 보인다. 한기가 내 가슴 속까지 스며드는 것 같다. 춥다.

　옆의 그를 보았다. 바다를 처음 보는 듯 미소 짓고 있지만, 무엇인지 모를 그늘이 드리워져 있다. 아니 나의 그늘이 그에게 비쳤는지 모른다.

　따뜻한 커피를 마시러 갔다. 블랙커피와 함께하는 유자빵은 새콤달콤했다. 잠깐 자리를 비웠던 남편은 먹음직스럽게 생긴 바게트버거를 또 사 왔다. 큰아이가 좋아할 거라며.

주차장으로 가는 길, 동백 꿀빵이라는 간판이 보였다. 달달한 꿀빵을 좋아하는 나는 잠시 망설였지만, 그냥 돌아섰다. 단것의 유혹을 물리쳐야 했다. 그런데 걷다 보니 남편이 안 보였다. 두리번거리고 있는데 그가 꿀 빵집에서 나왔다.

"네 엄마가 좋아하잖아." 하며 내 손에 그 빵을 쥐어줬다.

해 질 시간이 되니 더 쌀쌀해져 우리는 집으로 가기 위해 종종걸음으로 차로 향했다.

오후 다섯 시가 다 된 시간. 운전하며 콧노래를 하는 그의 모습이 낯설기만 했다.

남편이 퇴원한 지 십여 일이 지났다.

오늘 우리는 우연히 그가 병원 가기 전날과 똑같은 코스로 움직이고 있었다. 다른 점이 있다면 이젠 남편에겐 추운 날의 필수품이 되어버린 모자를 쓰고 왔다는 것.

2020년 첫날, 우리 가족은 해맞이하고 이곳에서 바다를 보았다. 그날 남편은 컨디션이 상당히 안 좋아 보였고 짜증도 많이 내 일찌감치 집으로 돌아왔다. 이해할 수 없던 우리는 서운한 마음으로 발걸음을 돌려야 했다.

다음 날 아침, 남편의 응급실행.

진주 국립대병원까지 구급차로 시간을 다투며 갔다. 목숨을 걸고 했던 시술과 일주일간의 입원. 급작스럽고 긴박했던 생과 사의 갈림길에서 다시 태어난 남자. 후유증 없이 다시 우리의 곁으로 돌아온 남자. 나는 긴 꿈을 꾼 것 같아 그간의 일들을 믿을 수 없었다.

그 일 후 20여 일이 지난 지금, 우리는 또다시 여수에 왔다. 그러나 남편은 20여 일 전과는 사뭇 달랐다. 우리를 꼭 데려가고 싶은 식당이 있다며 일어섰고, 와온에 온 김에 여수나 다녀오자고 기분 좋은 얼굴로 해안도로를 따라 여수까지 왔다. 드라이브를 좋아하는 나를 위한 것이기도 했다.

나와 딸이 좋아하는 간식까지 눈에 띄는 것들을 모조리 챙기는 남편. 그러나 행복하고 즐거워야 하는 순간, 가슴에 알 수 없는 통증이 밀려들었다.

퇴원 후, 철저히 건강관리를 해야 한다는 의사의 처방에 힘겨운 생활이 시작되었다. 예상했던 일이었다. 남편에겐 금연이 가장 중요한 건강 수칙이었다. 금단증상이 올 때마다 그 괴로움은 말로 못 할 정도였고, 옆에 있는 나에게까지 영향을 미쳤다. 식단조절도 엄격해야 했기에 싱겁게, 기름지지 않게 먹어야 하니 자극적인 음식을 좋아하던 사람이라 죽을 맛이었을 거다. 그의 끼니를 챙기는 나도 힘들기는 마찬가지였다. 편하게 먹을 수 있는 음식은 해로웠다. 손이 많이 가고 정성이 들어가는 것들이 건강식이었다.

입술 부르틀 정도로 음식을 챙겼건만, 병원식과 똑같다며 찡그리거나 밥 먹고 일어서며 맛없다는 남편 핀잔에 나도 모르게 자제력을 잃고 크게 다투기도 했다. 그가 야속했다.

'그래, 원래 이런 사람이었어. 예전부터도. 뭐가 이쁘다고 이렇게 해줘야 하나.' 하는 마음이 머리끝까지 치솟았다. 이 남자보다도 내가 먼저 쓰러질 지경이었다. 이 머나먼 고행길, 벌써 힘이 드는데 어떡해야 하나.

큰 그림을 그리기 위해서는 힘들지만 견뎌야 하는 것이 있다. 아내의 감정을 상하게 하면 자신에게 좋을 것이 없다는 것을 모르는지, 아니면 알면서도 그 감정을 억제 못 하는 것인지 참으로 어리석다는 생각이 들었다. 내가 이 남자라면 이런 행동은 안 할 텐데. 좀 약게 살 수는 없는지.

하지만 슬픈 일은 예전처럼 마음 놓고 그를 미워할 수도 없다는 것, 이젠 대등한 관계가 아니라는 것이었다. 주치의 말씀을 되새기며 마음을 다잡기로 했다. 그리고 남편과 진지한 대화를 하며 내 마음을 표현했다.

구름 속의 나날

당신은 지금 보너스로 받은 인생을 사는 것이라고. 열의 아홉은 사망하거나 극심한 후유증이 남는데 그 나머지 한 명에 들은 행운이라고. 사랑하고만 살아도 짧은 인생이라고. 그날이 당신의 마지막 날이었다면 오늘은 없었으니 감사하며 살자고 했다.

그러자 "내가 다시 산 건, 내가 아직도 당신에게 해야 할 일이 남았나 보네. 그래서 하늘이 날 살렸나봐." 그의 대답도 진지했다.

그리고 오늘, 다시는 못 볼 수도 있었던 딸들과 아내를 위해 꿀빵을 들고 바보같이 웃던 남편을 보았다.

순천으로 돌아오는 해안도로의 일몰은 아름다웠다. 해안선을 따라 굽이굽이 바다와 하나 된 노을은 오랜 시간 머물러 주었다. 바다를 물들인 오렌지빛은 차디찬 바다를 따스하게 품으며 스며들었다.

서로에게 따뜻하게 스며든다는 것, 이는 참으로 행복한 일이다.

오늘처럼 기가 막히게 다정하다가도 또 어느 틈에 무지막지한 남편의 심술이 시작된다면 나도 나를 장담 못 한다. 다툴 때 협박했듯 원하는 대로 매일 돈가스 튀겨주고 몸에 나쁜 것들을 마음대로 먹게 해줄 수도 있다.

하지만 그건 불행의 전주곡.

이젠 그동안 남편에게 아껴(?) 놓았던 사랑이라는 물건을 꺼내야겠다. 그는 상대에게 그것을 아끼게 할 줄 아는 능력을 지녔었으니 퍼주게 하는 방법도 잘 알고 있을 것이다.

엄마 생각

이상하리만치 집안이 어두컴컴했다. 구부정한 할머니가 휘어진 다리를 끌어가며, 짐을 싸는 듯 힘들게 움직이는 모습이 보였다. 가방도 여러 개였다. 어디 긴 여행이라도 떠나는 것 같았다. 가까이 가보니 엄마였다. 낯설게 보이던 그분이 엄마였다.

"엄마! 뭐 하는 거야?"

"나 여행 떠나려고."

"여행? 어디로?"

"응, 이제 갈 때가 돼서." 하고 계속 짐을 챙기셨다.

이제 기어이 올 것이 온 건가.

"아냐 엄마, 가지마! 아직은 아니야." 하며 나는 엄마를 붙들고 울었다.

내 울음소리가 점점 작아지며 멀리서 음악 소리가 들려오기 시작하더니 이내 귀를 찌를 듯이 가깝게 들려왔다.

나는 습관대로 핸드폰 알람을 끄고 일어나 앉았다. 침대 머리맡 창문에선 커튼 사이로 밝은 햇살이 들어오고 있었다. 내 얼굴은 조금 전 꿈속에서와 마찬가지로 눈물로 젖어 있었고, 간밤에 꾼 꿈이 너무나도 생생해 또 눈물이 흘렀다. 평상시에 엄마 생각도 특별하게 많이 하는 편이 아닌데 왜 이런 꿈을 꾼 건지 모르겠다.

엄마는 차가운 분이다. 그래서 남들이 친정엄마 생각하면 눈물이 핑 돈다는데 나는 그냥 무덤덤하다. '엄마' 하면 따스함과 자애로움의 상징, 무조건적인 사랑, 이렇게 생각하는 것과도 나는 조금 다른 생각을 했고 가족 이기주의 이런 것들과도 먼 삶을 살아왔다.

거기다 외동아들인 오빠만 편애하는 바람에 사춘기 시절 아니 결혼하고 아기 낳을 때까지도 엄마를 미워했다. 옛날 분들이 거의 다 아들을 선호했듯이 나도 남아선호사상의 피해자였다. 그래서 크고 작은 상처를 가지고 살아왔다. 그 당시 나에게는 꽤나 심각한 문제들이었다.

남들에게는 관대하고 인정을 많이 베풀던 엄마, 나에게는 엄격하고 무서웠던 엄마. 아들에게는 간도 빼 줄 만큼 잘하던 엄마, 나에게 '다리 밑에서 주워왔다'는 말을 철석같이 믿게 해 언젠가는 친엄마를 꼭 찾고야 말 거라는 의지를 다지게 했던 엄마. 난 절대로 내 아이들은 편애로 인한 상처를 주는 일을 대물림하지 않겠다는 굳은 각오까지 하게 해준 엄마. 그래서 고맙기도 한 엄마였다.

그러나 내가 나이 들어가고 내 아이들이 커가면서 이렇게 밉던 엄마가 안쓰러운 모습으로 내 눈에 들어오기 시작했다. 엄마의 바싹 마른 뒷모습에 갑자기 가슴이 아파 오고 관절염으로 아픈 다리로 힘겹게 다니시는 걸 보면 눈시울이 붉어지기도 한다. 인생의 덧없음을 느끼며 이제 엄마와 함께할 날도 얼마 안 남았다고 생각하면서 섭섭했던 모든 걸 다 잊고 싶어졌다.

그런데 엄마가 점점 약해지시기도 하지만 고집도 더 세지시며 어린아이 같은 행동으로 잊을 만하면 한 번씩 내 가슴을 또 아프게 하신다. 그러면 나는 그간 섭섭했던 기억이 한꺼번에 몰려와 나를 잡아 흔들어댄다. 내 마음속 엄마에 대한 섭섭함의 앙금이 가라앉아 있기 때문에 아직도 내가 흔들리고 있는 것 같다. 내 마음이 치유되지 않았음을 보내는 신호인 것이다.

오로지 부모에게만 의지하고 있던 어린 시절 특히 엄마가 아니면 모든 것이 속수무책인 그때, 그 엄마로 인하여 세상의 불공평함을 알게 되고, 내가 아무리 잘하려고 해도 나한테 돌아오지 않는 것이 있다는 것을 일찌감치 깨달아버렸다. 그것은 어린 나에게 큰 반항심을 불러왔고, 엄마라는 단어를 무감각하게 만들어버린 내 일생의 상처였다.

주위를 둘러보면 아무리 사이가 좋은 모녀지간이라도 애증의 관계인 경우가 많다. 겉으로는 별일 없어 보이는 집안도 들여다보면 다 문젯거리가 있듯이. 이 나이가 되어보니 심각하다고 느꼈던 엄마에 대한 섭섭함이 비단 나에게 국한된 것만은 아닐 수도 있다는 생각이 들기도 한다.

우리 엄마 세대의 사고와 그분들도 역시 그 시대의 피해 사였다는 것을 이해하려 노력하면 뭐 그렇게까지 내가 부당한 시간을 보냈다고 생각할 수도 없다. 어린 시절의 나는 꽤 당돌한 아이여서 할 말은 다하고 살았으니까. 거기에 든든한 지원군 아버지도 있었고. 지금 생각해보니 엄마의 편애에는 내 당돌함도 한몫한 것 같다.

엄마에 대한 미움이 마음 저 깊은 바닥에 깔려있으면서도 간밤에 꾼 꿈으로 이렇게 가슴 아파하는 딸인 나를 보며 연민을 느낀다.

더 늦기 전에 엄마에게 "왜 오빠는 더운밥을 주고 나는 찬밥을 데워 줬어? 왜 그렇게 나를 미워했어?" 웃으며 따지고 싶다. 그러면 엄마가 "열 손가락 깨물어서 안 아픈 손가락 없다. 네가 하도 불만이 많아서 언니보다는 잘 해

155

4부 구론산

쳤다." 대답하실 것이다.

내가 정작 듣고 싶은 말.

"미안하다. 네가 많이 힘들었겠구나."

그 말은 엄마에게서 결코 들을 수가 없겠지만. 나는 엄마의 마음속에는 나에 대한 미안함이 들어있다고, 결코 나를 미워한 적은 없었다고 어릴 적 상처투성이였던 한 소녀를 다독여 안아본다.

저 멀리 떠나가거라

　새벽 2시, 째깍째깍 시계 초침 소리가 귀를 찌른다.

　시계와 나만이 깨어있는 세상, 모든 것은 멈췄다. 잠을 청하려 눈을 감으면 도리어 정신은 또렷해진다. 천장을 바라본다. 창에 드리워진 커튼 사이로 들어온 달빛이 희미하다. 다시 눈을 감아본다.

　눈을 뜨고 있어도 깨어있는 게 아니고 감고 있어도 자는 건 아닌 상태, 어디에도 나는 없다. 책을 펼쳐도 '이게 무슨 뜻인지 알아?' 나를 비웃듯 문장들이 날아다니고 요리를 해도 혀의 감각이 마비됐는지 간을 맞추는 일도 어려워졌다. 멍한 상태가 계속되는 나날들. 이것은 나를 어떤 일도 할 수 없게 만들더니 급기야는 몸으로 이상 신호가 나타나기 시작했다.

　그날, 찾아간 바다는 칠흑같이 어두웠다. 나는 그 이름을 있는 힘껏 불렀다. 허공에서 산산조각 흩어지던 이름

석 자는 내 가슴을 또 한 번 요동치게 했고 눌러왔던 서러움이 한꺼번에 터져 나왔다. 다시 한번 소리쳤다. 드넓은 바다에 고자질이라도 하듯.

그러나 되돌아온 건 뜨거운 눈물이 차갑게 뺨을 때리는 것뿐이었다. 떨리는 손으로 눈물을 닦으며 오늘까지만이라고, 다시는 눈물을 흘리지 않겠노라고 다짐했다. 그날 그 목소리처럼 잔인한 4월의 바닷바람은 냉랭했다.

상처에 버티는 근육에 취약한 나는 인간관계에서 오는 아픔을 감기처럼 달고 살았다. 마음을 연 바로 그만큼 상처받고 상대와 가까운 관계일수록 더 무너진다. 나에게 밀착되는 정도만큼 기쁘고 행복하지만 딱 그만큼 상처도 받는다.

어느 정신과 의사는 선택의 여지 없이 묶인 관계가 더 힘들 수 있고 그들은 밀착되어 있지만 완벽하게 다른 사람, 종종 절대 이해할 수 없는 사람이라고 했다. 그들은 때때로 거침없이 다가와 우리를 힘들게 한다고. 그들과 가깝지도 멀지도 않은 거리를 두어야 했다. 거리 두기 실패로 인한 결과가 이토록 참담할 줄 알았다면.

4부 구른산

아팠던 시간이 느릿느릿 지나자 나도 모르는 사이 그들의 존재가 가슴 한 귀퉁이로 밀려나 있다는 것을 발견했다. 길다면 긴 시간이 흐른 뒤에야. 시간이 약이라는 말, 이것은 진실이었다. 그들과 함께했던 시간은, 상처의 중독이었고 무방비 상태에서 받은 충격은 나를 피해자로 만들었다. 하지만 시간이 흐르고 조금씩 나를 찾는 과정에서 내가 피해자도, 용서할 것도 없다는 것을 깨달았다. 그들이 어떤 행위를 하든 그들 문제라는 것을. 상대에게 어떤 강요도 원망도 할 수 없다는 것을.

바람둥이들이 헤어질 때 쿨한 건 항상 대안이 있기 때문이란다. 그런데 나는 그 대안이 없었다. 어리석게도 오직 한 곳만 바라보았던 것이다.

눈에서 멀어지면 마음에서도 멀어진다. 기대가 없으면 미움도 없다. 어떤 이는 나이가 들어간다는 건, 상처를 받아도 젊은 시절처럼 마음이 크게 요동치지 않는 것. 작은 바람이 스쳐가듯 넘기며 살아가는 것이라고 했다. 나이 들며 눈도 나빠지고 귀도 잘 안 들리는 이유는 자세히 못 보게 하기 위함이요, 좋은 말을 가려서 들으라는 것. 봐도 못 본 척 지나가는 지혜와 들어도 못 들은 척하는 것이 삶을 행복하게 해주는 지름길일 것이다.

이제야 감옥에서 나오는 길을 찾았다.

앞으로 내게 허락된 시간 동안 진정한 자유를 누리고 싶다. 죽기 전까지 결코 벗어날 수 없을 것 같았던 질긴 인간관계도, 나를 옭아매는 멍에를 벗는 일도 내 마음속에 답이 있었다.

가슴에 남아있는 마지막 아픔의 찌꺼기들을 그들과 함께 떠나보낸다.

저 멀리 떠나가거라. 뒤돌아보지 말고.

휘어이 휘어이…

구름 속의 나날

겨울밤 낭만 드라이브

그해 겨울밤.

우리는 상사호 휴게소의 화려한 조명을 받으며 음악에 맞춰 춤을 추고 있었다. 깊은 산속, 쏟아지는 별과 음악, 조명이 어우러진 곳에서.

두꺼운 오리털 코트에 털 달린 큼직한 모자, 목에 둘둘 감은 목도리. 한 바퀴 돌며 뒤뚱뒤뚱, 한 번 인사하며 키득키득. 철 좀 들라는 남편 말을 뒤로하고 창피하다면서도 싫지 않은 표정으로 내가 이끄는 대로 따르는 큰딸과.

드라이브 온 연인들이 우리를 쳐다보기도 했으나 음악이 그칠 때까지 우리는 제멋대로 춤을 추었다. 그리고 그날 밤 상사호 야간 드라이브가 만들어 준 이 장면을 마음 속 사진첩에 올려놓았다.

"이제 이런 즐거움을 큰애와 얼마나 더 누릴 수 있을까?"
생각하니 가슴이 서늘해졌다. 진학 때문에 큰애는 가족

을 떠나 서울로 가야 했기 때문이다. 고2 여름에 순천으로 전학을 와 1년 반을 생활하다 다시 올라간다. 우리나라 학생들에게 고교 시절은 입시지옥으로 표현할 만큼 힘이 드는데, 거기에 전학이라는 무거운 짐까지 지어주었다. 이전 학교와 교과과정이 맞지 않아 공부하기 힘들었고, 새로운 친구들과의 적응도 만만치 않았다.

위기의 순간도 몇 번 있었지만, 그 힘든 시간을 잘 견디고 이겨내 준 것이 고마운 아이. 나에겐 항상 미안했던 딸이 이제 의젓한 성인이 되어 독립해 나간다. 입시를 앞두었기에 그동안 변변한 드라이브 한 번 못 한 것이 마음에 걸려 우리 가족은 시간을 함께하기로 무언의 약속을 했다.

우리는 특히 야간 드라이브를 좋아했다. 큰애가 시간이 없어 주말 밤에 잠깐 여유가 생길 때 스트레스를 풀어주려고 시작한 것이, 그 묘미에 빠져 즐기게 되었다. 깜깜해서 아무것도 안 보일 것 같지만, 낮과는 또 다른 매력으로 우리를 사로잡았다. 복잡한 도시에서는 엄두도 못 내던 이 작은 사치를 큰애에게 한 번이라도 더 해주고 싶었다.

이사 오기 전 서울에서는 주말이나 연휴 때 큰맘 먹고 여행이라도 가려 하면 교통체증으로 즐겁던 마음을 망친 적이 한두 번이 아니었다. 가까운 곳을 선택해도 결과는 마찬가지, 정말 재미없는 곳이었다. 회색의 감옥이었다고 할까. 송도 신도시나 인천대교를 타고 인천 근교의 바다를 지나가며 휙~ 보고 오는 것이 그나마 기분 전환을 하는 것이었다.

느리게 돌아가고 풍광이 아름다운 순천.

이곳에서 우리 아이들이 아름다운 자연을 자주 접하며 정서적 안정을 빨리 찾았고 계절의 변화를 보면서 자연과 소통하는 방법을 배워 갔다. 예민하던 큰애가 부드러워지며 힘들었던 일들을 극복하는데 이곳의 멋진 자연이 한몫을 단단히 했다.

앞으로도 휴식이 필요할 때 이곳으로 내려와 에너지를 맘껏 충전해 갈 수 있을 것이다. 자연과 대화하며 초록과 호흡하는 제2의 고향 순천에서.

그 겨울, 큰애를 떠나보내며 본격화된 우리 가족의 추억 쌓기는 소중한 재산으로 남겨졌다. 힘들 때 하나씩 꺼내 보는 사랑스런 기억으로.

"오늘 저녁 와온 해변 어때?"

퇴근길, 남편의 전화에 "콜!" 하고 나가는 이 순간, 내 마음의 사진첩에 또 한 장의 사진이 채워진다.

구론산

"엄마, 한 모금 남겨줘야 해."

여섯 살 소녀는 간절한 눈빛으로 기다린다.

"애들이 먹으면 머리 나빠지는데." 하며 병을 건네주는 엄마.

소녀는 한 모금도 안 되는 구론산을 말끔하게 비워낸다.

"이렇게 맛있는 약이 있다니."

마음껏 들이켜 보고 싶은데 감질나게 입술만 축여주던 구론산은 소녀를 항상 안달 나게 했다.

당시 어른들은 영진구론산이나 박카스를 영양제나 되듯 하루에 한두 병씩 마시기도 했다. 그걸 마시면 피로가 풀리고 정신이 난다면서.

언젠가 박카스도 맛본 적이 있는데 달긴 해도 뒷맛이 쓸쓸한 게 약은 약이었다.

나의 선택은 단연 구론산이었다.

얼른 어른이 되고 싶었다.

그 시절, 엄마의 외사촌 여동생이 집에 자주 왔다. 엄마와 가까이 지내는 사이였다. 한글과 산수도 가르쳐주며 예뻐해 주는 그녀가 좋았다.

"혜승아, 우리 집에 갈래?"

어느 날, 그녀는 집에 함께 가자고 했다. 일찍 결혼했다면 내 또래의 아이가 있을 나이였다. 엄마는 걱정스러운듯 나를 바라보았다.

우리 집은 삼선교였고, 그녀의 집은 대방동이었다. 한강다리를 건너야 했다. 버스를 타고 어른들 틈에 끼어 한참을 가다가 차창을 바라보았다. 한강 다리를 건너고 있었다. 순간 나도 모르게 눈물이 핑 돌았다. 강을 건너면 다시는 집에 못 돌아올 것 같았다. 갑자기 감정이 복받쳐 참으려던 눈물이 쏟아졌다.

당황한 그녀는 진땀을 빼며 시간이 늦어 되돌아가기 어려우니 오늘 밤만 자면 내일 꼭 집에 데려다주겠다고 새끼손가락을 걸었다.

나는 가까스로 울음을 멈추었다.

그녀의 집에 도착했다.

그 이야기를 들은 그녀 동생이 과자를 사러 가자고 했

다. 그때 나에게 번개처럼 어떤 생각이 스쳤고, 이내 기분이 좋아졌다. 그는 구멍가게로 가려 했다. 그러나 나는 옆 가게로 그의 손을 잡아끌었다. 이끄는 대로 따라 들어온 그는 의아한 표정으로

"어디 아프니?" 하고 물었다.

그곳은 약국이었다.

"아니요. 그게 아니고요, 과자는 싫고 영진구론산이 먹고 싶어요. 그거 사 주세요."

이 말을 들은 약사와 그가 기가 막히다는 듯 웃었다.

마침내 손에 쥐어진 구론산 한 병.

과자보다 더 먹고 싶던 것.

입안 가득 채워 마신 구론산은 최고였다. 금지하는 것들은 왜 이리도 달콤하고 짜릿했던지.

다음날, 우리 집으로 돌아온 그녀는 엄마와 안방으로 들어갔다. 그리고 어제의 일들을 소곤거렸지만, 내 귓속으로 쏙쏙 들어왔다.

'이크, 올 것이 왔구나.'

나는 대문 밖으로 줄행랑을 쳤다. 그러나 한편으로는 억울했다. 왜 맛있는 구론산을 아이가 먹으면 나쁘고 어른이 먹으면 약이 되는지. 맛있는 것을 어른들만 먹으려는

핑계 같았다. 엄마에게 고자질한 그녀에게도 화가 났다.

금지된 것을 소망했던 나는 힘차게 달리고 있었다.
미운 7살을 향해.

나의 옛날이야기

　오랜만에 켠 라디오에서 조덕배의 노래 '나의 옛날이야기'가 흘러나왔다. 나는 고무장갑을 벗어두고 그 소리가 들리는 거실로 다가갔다. 언젠가, 그 곡을 들으며 그렸던 얼굴을 떠올리면서.

　'쓸쓸하던 그 골목을 당신은 기억하십니까.

　지금도 난 기억합니다.

　사랑한다 말 못 하고 애태우던 그날들을 당신은 알고 있었습니까…'

　어느새 나는 첫사랑에 눈뜨던 그때의 소녀로 돌아가고 있었다.

　학력고사를 치르던 해 추운 겨울날 저녁, 그 애가 다니던 화실이 있는 돈암동부터 우리 집이 있던 장위동까지의 먼 길을 그 아이와 함께 걸었다. 출발할 때부터 한 송이 두 송이 내리기 시작한 눈은 어느 순간 함박눈으로 펑펑 쏟아졌다. 우리는 강아지처럼 기뻐하며 하늘을 올려다보았다. 깜깜한 하늘에서 흰 꽃송이들이 얼굴로 내려앉았다. 약속이라도 한 듯 우리는 하늘을 향해 입을 벌리고 혀에 사르르 녹는 눈을 삼키는 시늉을 하며 키득키득 웃었다.

눈길은 미끄러웠고 손도 꽁꽁 얼어갔다. 그런 내 손을 코트 주머니에 넣어 포근하게 감싸주며 걷던 아이. 그날 처음 그 애의 손이 크고 따뜻하다는 것을 알았다. 세상은 눈부시도록 하얗게 변해갔고 그 무대의 주인공은 우리 둘이었다.

걸어서 오느라 늦게 집에 도착하는 바람에 부모님께 호되게 꾸지람을 들으면서도 내 마음은 그 아이와 함께 눈길을 걷고 있었다.

물끄러미 바라보던 서늘한 눈빛, 긴 보조개를 지으며 웃던 그 소년은 내 가슴속 한 귀퉁이에 꼬깃꼬깃하게 자리잡아 눈 오는 날이면 가끔 하얀 눈송이로 날아들곤 한다. 처음이라는 떨림으로, 이루지 못한 아쉬움으로 각인된 첫사랑이다.

그러나 첫사랑이란 말 그대로 몇 달 후 갑작스레 우리 집이 멀리 이사하게 되면서 연락이 완전히 끊겼다. 집 전화로만 연락이 가능하던 시절, 이런저런 이유로 의도치 않게 내 첫사랑은 끝나 버린 것이다.

하지만 각종 SNS의 홍수 속에 있는 요즈음엔 연락이 끊겨 헤어진다는 것은 상상할 수 없는 일일 것이다. 누구나 다 가지고 있는 핸드폰, 전화번호도 거의 바뀌지 않는다. 헤어져도 헤어지는 것이 아니고 연락을 끊고 싶어도 완전히 끊을 수도 없다. 어쩌면 한번 인연을 맺은 이들과 끝까지 이어질 수도 있는 좋기도, 두렵기도 한 세상이 왔다.

잘살게 되면서 기다림이란 말이 퇴색해 간다. 즉시 해결되고, 손가락만 두드리면 모든 것을 알 수 있는 편리한 세상. 오랫동안 기다리고 느리게 사랑하는 소중한 낭만들이 사라져가고 있다.

편지로 연락을 주고받던 시절엔 다행히 전화기가 설치되어 있다 하더라도 전화기 앞에 앉아 부모님 눈치를 보며 약속한 시각에 걸려 오던 전화를 잽싸게 받아야 했다. 온 가족이 주시하는 전화로 사적인 대화를 다정히 주고받는다는 것은 불가능했고 그야말로 '용건만 간단히'였다. 그렇지만 그 아쉬움 때문인지 상대를 그리워하고 생각하는 마음은 수줍게 피어났다.

사춘기 시절 우리 집 우체통에 직접 편지를 넣고 간 소년. 카세트테이프에 좋아하는 노래들을 녹음해 편지와 함께 전해주던 사람. 시골 외갓집에서 감 달린 감 가지를 꺾어와 얼굴을 붉히며 전해주던 그. 그들의 얼굴도 가물가물하지만 그때의 그 온기, 그 순수는 내 가슴에 아직 남아있다.

만일 그때 핸드폰이 있었다면 이런 소중한 기억을 가질 수 있었을까. 까마득한 추억으로 만날 수 있는 인연들이었기에 아름답게 추억할 수 있는 것이 아닐는지. 결핍 속에서의 풍요였다.

산란한 가을날, 오늘같이 애틋한 노래를 들은 날은 내 젊은 시절의 불편함과 어리숙함이 선물해 준 추억들을 꺼내본다. 집 전화기만 뚫어져라 바라보며 전화를 기다리던 소녀가 전화벨이 울릴 때마다 안방으로 귀를 쫑긋 세우던 소년을 만나는 순간이다.

"변한 건 없니. 날 웃게 했던 예전 그 말투도 여전히 그대로니…"라는 노랫말대로 변한 건 없는지, 내가 좋아했던 그 눈빛도 여전히 그대로인지.

• 김연우 〈여전히 아름다운지〉의 가사

4부 남운산

부록

축사 _ 장병호(수필가·문학평론가)
서평 _ 최규익(전 국민대 교수·소설가)

가정주부가 펼쳐 보이는 일상의 모습들

장병호(수필가 · 문학평론가)

이경애 수필가는 서울 출신인데 순천에 내려와 둥지를 틀고 있는 작가입니다. 요즘같이 영상매체가 우월한 시대에 문학에 뜻을 두고 창작 교실의 문을 두드린 것이 저와 함께 문학의 길을 걷는 계기가 되었습니다.

이경애 수필가가 순천 사람이 된 지도 어느덧 강산이 한 번 바뀔 만큼이 되었는데도 여전히 그를 만나면 서울 냄새가 맡아집니다. 우선 매끄러운 서울 말씨부터가 그러하거니와 세월을 거스르는 듯한 깔끔하고 세련된 외모며, 옳고 그름에 대한 단호한 판단이며, 칼로 자르듯 확실하게 맺고 끊는 모습이 구렁이 담 넘어가듯 어물쩍 뭉개버리는 이쪽 동네 사람들과는 사뭇 다른 것을 볼 수 있습니다.

이번에 수필집 원고를 살펴보면서도 잘 다듬어진 글에서 역시 서울내기다운 면모를 감지할 수 있습니다. 그동안 써온 서른 편의 수필 작품이 어느 것 하나 빠지는 것 없이 튼실하게 고른 수준을 유지하고 있어서 마치 맛깔난 요리를 정갈하게 차린 고급스러운 음식상을 받는 느낌입니다.

이경애 수필가는 가정 이야기에 남다른 솜씨를 보입니다. 조그만 일에 마음이 상하기도 하고 감동과 행복을 느끼기도 하는 가정주부의 일상을 중심으로 남편을 뒷바라지하고 두 딸을 키우는 사연들이 아기자기하게 펼쳐집니다. 특히 남편과 차를 타고 나들이를 즐기는 이야기며, 딸들과 옥신각신하면서도 따뜻한 혈연의 정을 이어가는 이야기며, 돌아가신 친정아버지와 관련된 어린 시절의 애틋한 추억들은 높은 호소력을 지니면서 공감을 불러일으킵니다.

그의 수필을 보면 잔잔할 것 같은 주부의 삶에도 한 번씩 풍파가 이는 것을 발견할 수 있습니다. 혈관에 이상이 있다는 진단을 받고 놀란 가슴을 안고 큰 병원에 가서 정밀검사를 받기도 하고, 남편이 어느 날 갑자기 건강에 적신호가 켜져서 큰 수술을 받기도 합니다. 중·고등학생 시절까지 함께 지내던 딸들이 이제는 대학생이 되어 엄마 품에서 떠나 있는 사실도 글을 통해서 알 수 있습니다. 이순(耳順)에 즈음하여 쓴 요즘 글에는 세상과 부딪치면서 자신을 돌아보며 깨달음에 이르고 인생 달관으로 나아가고자 하는 자세가 엿보입니다.

이경애 수필가가 등단한 지 일곱 해 만에 첫 수필집을 낸다는 것은 다소 늦은 감이 없지 않습니다. 그러나 이는 작가의 나태라기보다는 작품 하나라도 허투루 내놓지 않으려는 심사숙고와 알뜰함의 결과가 아닌가 싶습니다. 흔히 작가는 작품으로 말한다지만 그것은 작품의 편수가 아니라 작품의 질로 따질 문제입니다. 어중이떠중이로 지은 수천 개의 질그릇보다 온 정성을 바쳐 빚어낸 단 하나의 상감청자가 도예가의 진가를 드러내듯이 문학 작품 역시 그러한 것입니다.

이경애 수필가는 올해 수필집을 준비하던 중 건강에 이상이 생겨 한때는 출간을 그만둬버릴까 생각까지 했다고 합니다. 그래도 마음을 다잡고 출간에 이르기까지 투혼을 불사른 것은 대단히 경하할 일입니다. 모든 예술 작품은 역경의 토양에서 꽃처럼 피어납니다. 이경애 수필가도 심신의 어려움을 이겨내고 창작의 첫 결실을 꾸려냈기에 더욱 찬란한 빛으로 주위를 밝히리라 믿습니다.

아무쪼록 이경애 수필가의 조속한 건강 회복을 빌면서, 첫 수필집『구름 속의 나날』의 출간을 축하드리고, 독자들로부터 좋은 반응을 얻기를 바라 마지않습니다.

최규익(전 국민대 교수·소설가)

이경애 수필가의 작품집, 『구름 속의 나날』에서 우선 눈여겨 보이는 것은, 탁마된, 짧고, 스피드가 있는 소설 형 문장들이다.

그 문장들은 단단하기도 하려니와, 작중 상황을 입체적으로 표현하려는 소설적 기술이 들어가 있어서, 이 작품들을 전통적 수필의 잔잔한 정서에만 머무르게 하지는 않는다.

또 작품 구성에서 적절한 대화나 독백의 타이밍 또한 좋다. 무엇보다 이 작가는 불멸의 소설가, 루쉰의 전언처럼, "말하듯이 써라"가 되어 있다. 이러한 특징들이 결합되어서 이 작품들의 생동감은 뛰어나다. 그런 것이 모여서 이 글들을 단연코 살아 있는 것으로 만든다. 숨을 쉬고 생명이 있는 글을 쓴다는 것은 쉬운 경지가 아니다.

그러기 위해서는 작가의 호흡과 정서가 (말하듯이 쓰는) 군더더기 없는 문장에 실려서 자연스레 글에 녹아 들어가야 하기 때문이다. 그러나 좀 더 좋은 글이 되기 위해서는, 핵심을 재빨리 지나치지 말고, 그곳에 조금 더 오래 머무르려는 시도가 의도적으로 들어가야 한다, 눅진한 힘으로…. 그렇게만 한다면 이 작가는 또 다른 차원의 문을 밀고 들어갈 수 있을 것이다. 왜냐하면, 이 작가는 독특하고 현대적인 좋은 문장도 갖고 있지만, 무엇보다 한국 사회의 어른들에게서 점점 찾아보기 어려운 '천진'을 잔뜩 보유하고 있기 때문이다. 이것이야말로 천하무적의 보배가 아닐 수 없다. 사람을 미소 짓게 만드는 고귀한 '천진'이 작품들 곳곳에, 말하자면 글의 포인트에, 작가의 진솔한 느낌에, 대상에 대한 배려에 직간접적으로 흠씬 그러나 산뜻하게 스며들어가 있다.

작가는 '열정 총량의 법칙'을 말하였지만, 열정이 총량을 가득 채우면 그다음부터는 부가가치가 만들어지는 법이다. 그렇게 새로운 작품 속에서 그 부가가치가 폭발의 형태로 힘을 발하면서 작가와 작품 모두에게 새로운 윤기가 흐르게 된다. 이 깨끗한 천진과 열정의 합인, 작품집 『구름 속의 나날』 앞에서 소주를 한 잔 더 마시고 싶다.

구름 속의 나날